L'Arpenteur

Collection créée
par Gérard Bourgadier

dirigée
par Ludovic Escande

Éric Metzger

LA NUIT DES TRENTE

roman

GALLIMARD | L'ARPENTEUR

À travers la fenêtre de son bureau, Félix observe les rayons du soleil se cacher un à un derrière les buildings d'acier qui bordent son paysage depuis des années. Fin de journée, fin de semaine. Dans l'open-space, il règne un silence d'épuisement. Seuls quelques chuchotements soupirent, secrets échangés entre deux collègues de bureaux voisins. Quelle heure est-il ? Le jeune homme consulte sa montre. Dix-neuf heures. Dans moins de trente minutes, tout le monde sera parti. Et lui ? Bah, on verrait bien... En tout cas, il veut fêter *ça* à sa manière, et l'oublier d'une façon ou d'une autre.

C'est alors qu'Alex, petit barbu au visage rond et aimable, interrompt le cours de ses pensées : « Eh, on va boire un verre à côté avec les autres ! Tu viens ?

— Vendu, sourit Félix, je vous suis. »

Dehors, sous un ciel rose de printemps. Direction l'avenue de Villiers où se trouve un bar dans lequel ils ont l'habitude de se rendre. Le patron connaît bien la bande. Chaque fois, il leur offre un petit quelque chose, une assiette de charcuterie, des olives, des cacahuètes, ou des chips, selon ce qu'il lui reste. D'ailleurs, à peine sont-ils installés que deux soucoupes d'olives atterrissent sur leur table : « Qu'est-ce que je vous sers ? »

Des demis en général, des verres de vin parfois. Puis vient le tour de Félix. Sans surprise, comme d'habitude : « Une vodka avec un glaçon. » Il précise toujours un seul glaçon parce qu'il n'aime pas du tout lorsque sa vodka se retrouve noyée dans la glace : moins de goût.

« Pas un peu tôt pour commencer avec la vodka ? » s'enquiert la longiligne Sylla.

Félix sourit, avant d'expliquer à la jolie métisse qu'il n'aime pas la bière, trop lourd, ni le vin, qui lui coûte des insomnies. Tandis que la vodka, elle, glisse sur son palais, puis poursuit aimablement vers son estomac. Oui, avec la vodka, il n'a jamais été malade. Jamais ! Bon d'accord, un peu mal à la tête, parfois, ça arrive, mais jamais malade. Il est soudain interrompu par la vibration de son téléphone. Coup d'œil discret. Un texto. Le dixième de la journée au moins ! Avec plus ou moins le même message : « Joyeux anniversaire ! » Heureusement, ses collègues ne sont pas au courant. Il n'a pas envie qu'on l'embête avec ça. En fait, il n'a jamais aimé son anniversaire. Devoir remercier, sourire, faire semblant d'être content. Ça le gêne plus qu'autre chose toute cette attention. Certains ont cru, à tort, qu'il s'agissait de timidité, mais ça n'a rien à voir. Juste une question d'intimité. Après tout, c'est son anniversaire, pas celui des autres, ça le regarde lui. Inutile qu'on le félicite de vieillir !

Pour cette raison, il ne répond pas aux messages reçus, tant pis. Plus tard, demain, il remerciera, mais d'abord, boire un peu pour oublier, rire avec les autres, discuter, papoter, se noyer. Sa vodka. Le glaçon a pratiquement fondu. Température idéale. Première gorgée. Aussitôt son corps réagit. Dans un spasme, sa tête penche sur le côté, il grimace, puis tout rentre dans l'ordre. Ça fait du bien. Depuis le temps qu'il boit de la vodka, toujours ce spasme, comme un toc.

Les années ont défilé. Alors, trente ans ? Trente ans déjà ? Que s'est-il passé durant tout ce temps ? Il se souvient de l'enfance, de l'école, du collège, puis du lycée. Ensuite, tout est allé trop vite. Il s'agit non pas d'une succession d'images, mais plutôt d'une superposition, mécanique, du quotidien. Le fameux métro, boulot, dodo prend tout son sens. Quelle différence entre la semaine dernière et celle-ci ? Entre cette année et la précédente ? La table qu'il occupe dans l'open-space. C'est tout. Le reste s'articule autour d'une répétition. Arriver au travail le matin, toujours à la même heure, le quitter le soir, là encore, à la même heure. Trajet en scooter multirépété, prendre la rue Vivienne, remonter vers Trinité, Saint-Lazare, rue de Londres et se garer près du bureau. Puis, à la fin de la journée, sens inverse. Nuit. Même pas le temps d'un tour de cadran complet, qu'il doit déjà reproduire à rebours le trajet bouclé. Le quotidien, finalement, rien d'incroyable, tout le monde, ses collègues, des centaines de millions d'autres personnes en font l'expérience chaque jour.

Trente ans. Ce matin, avant de partir de chez lui, il s'est observé dans le grand miroir de l'entrée. Un corps sans grande éloquence ponctué par des cheveux en bataille. Un visage ovale, deux yeux bleus, des lèvres épaisses, et un nez droit. Pas de barbe, mais il ne désespère pas, un jour peut-être sa pilosité lui offrirait ce cadeau.

Trente ans. Il a vérifié durant la journée sur Internet. À trente ans, Balzac publiait la *Physiologie du mariage* et *Les Chouans*. Le début du succès. À trente ans, Stendhal sortait de la campagne de Russie, fatigué et sans passions. À trente ans, Tolstoï publiait *Albert*. À trente ans, Fitzgerald venait tout juste de publier *Gatsby* et débarquait à Hollywood. Et toi, à trente ans, qu'as-tu fait petit crétin ?

« Tu as l'air ailleurs ! Ça va ? » l'interrompt Camille, brune aux cheveux courts, bientôt la trentaine elle aussi. Graphiste de son état, c'est avec cette jeune femme que Félix prépare les maquettes des idées qu'il doit ensuite présenter à ses clients.

« Oui, oui, ça va…

— Ta vodka te rend mélancolique ?

— Pas du tout ! »

À la réflexion, plutôt que de se noyer dans une bête crise de la trentaine, il ferait mieux de profiter de cette soirée.

« Tout va bien pour toi en ce moment Camille ?

— Oui, un peu crevée, mais bon… et à la maison, le petit fait ses dents, alors je manque de sommeil…

— Il pleure beaucoup ?

— Suffisamment pour me rendre folle ! Mais ça n'est pas de sa faute au petit loulou...

— Tu parles, il te provoque ! C'est des vicieux les bébés, faut se méfier ! Ton mec le garde pour la soirée ?

— Oui, besoin de respirer un peu ! Comme nous tous ! » conclut la jeune maman.

Elle n'a pas tort. Mais pourquoi aurait-il besoin de respirer, lui ? Bah, il le sait très bien, mais ne se l'avouera pas. Avec le temps, il a pris l'habitude de se taire, ça vaut mieux, n'est-ce pas fantôme ?

Alors pour oublier, Félix décide de boire, de rire, de parler fort, bref, d'exister autrement. Rien d'extraordinaire, on lutte comme on peut contre le quotidien.

Les olives sont gobées, l'assiette de charcuterie qui suit, dévorée. Une troisième tournée vient à peine de se terminer que, déjà, Alex propose de poursuivre ailleurs. Un bar dans le XVIIIe, un endroit où ça bouge un peu plus, venez ça va être marrant. Dans un élan d'euphorie alcoolisée, la plupart répondent d'accord, on y va. Qui prend sa voiture ? C'est loin ? On peut commander des taxis ? Moi j'ai un scooter, moi aussi, je vous suis ! Nous, on prend le métro, à tout de suite !

Hésitation de Félix. Fatigué.

« Allez viens ! Juste un verre ! le bouscule gentiment Alex.

— Tu vas peut-être vivre quelque chose qui va changer ta vie », renchérit Yohan avec son joli accent méridional.

Félix éclate de rire. Quel cliché ! Un cliché alcoolisé. Yohan a jeté cette phrase comme ça, par alcool, par ironie même. Et pourtant, c'est cette phrase qui va décider Félix. « Vivre quelque chose qui va changer ma vie ? Qu'est-ce qui pourrait bien changer ma vie ? » Il n'y croit pas, mais s'accroche à cette pensée. Bien entendu, il se laisse encore un peu désirer, et puis, bon d'accord, OK, mais juste un verre, après je rentre, parce que demain…

« Quoi demain ? C'est samedi ! Profite, ça fait du bien aussi de se détendre un peu.

— Oui, mais après… Bon, allez, je vous suis. »

Alex indique l'adresse du rendez-vous à tout le monde, et le rodéo des scooters, voitures, taxis et métros s'emballe.

Sur le trajet, Félix s'amuse à faire des zigzags avec son petit scooter noir. Il suit Alex, qui roule lentement pour ne pas le semer. Au feu, ils jouent à faire vrombir leurs moteurs, en se lançant des regards gonflés de défi. Juste par jeu, car en réalité Félix n'a aucune chance, son scooter ne peut rien face au monstre à trois roues de son collègue.

Ses écouteurs, et *Niggas in Paris* dans les oreilles. Titu titu titu titutu ! Pas prudent, il le sait très bien, mais tant pis, il a bu. Envie de s'amuser, la sagesse s'est évanouie dès les premières gorgées d'alcool. Pris d'euphorie, en plein boulevard, le voilà qui se met à chanter à voix haute. De toute façon, il roule trop vite pour laisser aux passants le temps de se moquer de lui. Quand même, il se tait lorsqu'il s'arrête aux feux. Ne pas attirer le regard des conducteurs, ni celui d'Alex.

Puis, feu vert, et il reprend son chant faux, cassé. Il admet sans problème qu'il chante mal, et après ? Pour le moment, il ne chante que pour lui.

Boulevard des Batignolles, place de Clichy, boulevard de Clichy, puis de petites rues un peu obscures. Du monde devant les bars qu'il croise.

D'un coup, Alex ralentit, et son engin grimpe sur le trottoir avant de se figer, moteur coupé. Félix se gare juste à côté. Le bar que son collègue lui désigne du menton est bondé. De la musique s'en échappe. Félix, aussi piètre chanteur que musicien, se révèle incapable de l'identifier ; de l'électro en tout cas. La clientèle se compose d'un subtil brassage de bobos/artistes/cadres/étudiants, bière à la main, bonnet sur la tête et barbe drue pour les hommes.

« Une pinte ? propose Alex.

— Non, un shot de vodka ! Pas de mélange, sinon je vais être malade. D'ailleurs, c'est ma tournée ! Dix shots s'il vous plaît !

— Pour nous deux ? Je pense pas que…

— Relax, ça sera aussi notre pot d'accueil pour ceux qui nous rejoignent.

— Justement, en voilà ! »

À travers les vitres embuées, Félix aperçoit Yohan, Camille et Sylla descendre d'un taxi. À peine ont-ils poussé les portes du bar que Félix leur glisse un shot de vodka entre les mains.

« Allez ! »

Tous les cinq avalent d'un coup le liquide tiédasse et âpre, avant de faire la grimace. Comme toujours, Félix penche sa tête vers son épaule droite, spasme brutal. « Voilà, se dit-il, la soirée commence maintenant ! »

Peu de temps après, d'autres collègues font leur apparition. Certains n'ont pas suivi le mouvement et sont rentrés directement chez eux. Félix regrette que Julie ait fait défection, il la trouve mignonne. Oh ! bien sûr, il s'en moque, c'est juste comme ça, pour jouer. Ça lui permet de moins penser au fantôme.

« À peine vingt-deux heures, et je suis déjà ivre », s'étonne Félix. La musique, le bruit, la vie. Son téléphone vibre. Encore un message d'anniversaire. Pour l'oublier, il commande un nouveau shot, qu'il gobe aussitôt. Oublier. Et dans l'effacement des années, c'est le fantôme qui revient le hanter, Charon féminin, sur son embarcation. Félix, bercé par les effluves d'alcool, se sent comme perdu entre deux rives, celle bien réelle de son quotidien et l'autre, plus brumeuse, de ses envies. Elle lui manque tellement. Aurait-il dû agir autrement ? A-t-il fait les bons choix ? Que se serait-il passé alors, s'il avait osé ? Oui, elle lui manquait tellement… Bah, oublie !

Et concluant son apnée par ce mot, le voilà qui commande un nouveau shot au comptoir. Il aperçoit alors Yohan qui titube, le regard paumé, bousculé par le bal de ceux qui sortent fumer et de ceux qui entrent. Ça n'a pas l'air d'aller. Félix saisit son shot, cul sec, tête sur le côté, puis va prendre des nouvelles de l'écorché.

« Ça va pas ? lui demande Félix. On sort deux secondes prendre l'air si tu veux ? »

Regard un peu vide, hochement de tête affirmatif.

Dehors, le brouhaha assourdi, et l'air frais.

« Alors ? Qu'est-ce qui ne va pas ?

— Elle m'a quitté, ça fait cinq mois…

— Ça ne passe pas ?

— C'est chaud, j'arrive plus à y croire…

— Croire à quoi ?

— À la relation, au couple !

— Houlà. Tu vas loin. Tu as bu, tu te poses trop de questions…

— Mais non, je te jure ! C'est quoi le couple ? Hein, c'est quoi ? »

Félix n'a pas de réponse. Le couple ? Un compromis ? Une promesse ? Bah non, c'est stupide. Surtout, ça n'est pas ce soir qu'il va trouver une réponse. Tiens, il pourrait citer l'autre là, le truc de la double tête, mais ça ferait un peu pédant. Et puis, ils ont bu, ils ne sont plus dans la réflexion, mais dans l'émotion. Yohan exprime simplement un chagrin, rien de plus.

« Un problème ? intervient Sylla, sortie fumer une cigarette.

— Il ne croit plus au couple ! sourit Félix.

— Personne n'y croit, sinon, on ne serait pas ici ! s'amuse-t-elle.

— Ouais, mais alors, à quoi ça sert… tout ça… je veux dire… enfin ça, quoi, les gens…, bredouille-t-il.

— Ne te prends pas trop la tête, profite juste de la soirée…

— Ouais… ouais…

— Et bois un peu d'eau, tu nous remercieras demain, ajoute Sylla. Suis-moi ! »

Tous trois pénètrent de nouveau à l'intérieur du bar.

Yohan accepte gentiment de nettoyer son chagrin à l'eau. Les conversations s'enchaînent. Félix se détend, s'amuse, oublie les trente ans. Cinquième ou sixième shot ? Peu importe… Impossible de retenir toutes les conversations, elles ne forment qu'un magma nerveux ; des rires stridents viennent le secouer parfois. Septième shot. Félix rit pour rien, il a envie de danser, de jouer, de s'amuser.

Le huitième lui coule un peu sur les lèvres. D'un revers de manche, il s'essuie. « Un peu dégoûtant, mais je m'en fous ! » se justifie-t-il. Qui a suffisamment d'autorité pour le juger ? Et puis, qu'on le juge, il s'en moque. Tiens, si quelqu'un lui fait une remarque, il lui colle son poing dans la gorge pour lui couper la respiration, puis lui file un grand coup de coude au niveau de l'arcade, comme ça il saignera, on verra s'il veut toujours faire le malin à juger. Ses poings se serrent de rage. Détends-toi. Personne ne te juge, tu es tranquille. Amuse-toi et profite. Après tout, tu vas peut-être vivre quelque chose qui va changer ta vie !

Tandis que Félix se rapproche du zinc pour commander un énième shot, une jolie blonde au visage poupin apparaît dans son champ de vision embrumé. Du coin de l'œil, il se met à l'observer. Lèvres rose bonbon, petits yeux marron. Elle discute avec Sylla, accoudée au comptoir. Toutes deux ont l'air de bien se connaître. Sylla la présente ensuite à une partie du groupe. Félix, l'oreille attentive, parvient à entendre qu'il s'agit d'une amie avec qui elle a fait ses études, elles ne s'étaient pas revues depuis un an au moins, non, oui, je crois, ça doit être ça…

Elle est jolie, c'est vrai. En fait, ce qui lui plaît le plus dans ce petit bout éthéré, ce sont les souvenirs qu'elle ravive. Un brouillon d'amour adolescent, non, pas un amour, mais son amour définitif. Son fantôme, comme Félix aime à le surnommer, celui qui vient le hanter les nuits de mélancolie pour le laisser K-O une fois réveillé. Le même type physique, menue, fragile, gracile.

Un piège. Un redoutable piège dans lequel il a envie

de plonger. Mais parce qu'il est orgueilleux, il commence par s'éloigner. Ne pas se précipiter, attendre juste qu'une conversation les lie par hasard. L'occasion viendra. À peine quelques minutes plus tard, parce qu'un inconnu fait tomber son verre près d'elle, Félix intervient.

« Fais attention, lui conseille-t-il en désignant un morceau de verre à ses pieds.

— Avec mes talons, je ne risque rien ! pépie-t-elle.

— Ah ! Louise, je te présente Félix ! hurle Sylla, sur qui l'alcool commence à produire un effet redoutable.

— Enchanté Louise !

— Louise est une amie, on était dans la même école il y a deux ans ! continue de hurler Sylla.

— Tu es toute jeune alors ! conclut Félix.

— Tu n'es pas si vieux que ça !

— Si tu as le même âge que Sylla, six longues années nous séparent…

— Ce n'est rien.

— Tu verras que ça fera beaucoup. »

Elle se mord les lèvres.

« Comme tu es sérieux !

— C'est ça qui est marrant, non ? Parle-moi de toi, j'ai envie de savoir ! Tu fais quoi dans la vie ? »

Elle lui raconte la thèse sur laquelle elle planche. Une thèse en lettres modernes concernant l'idiolecte des héros de romans français au XIXe siècle. Un travail lourd, mais passionnant. En quoi les héros de romans sont reconnus à leur idiolecte, dans un système de langage particulier, où se mêlent défi, courage et espoir.

« Tout ça ?

— Oui, tout ça. Le plus marquant reste qu'ils se projettent toujours vers l'avenir. Jamais dans le passé. »

Plus la conversation se poursuit, plus le sourire de Félix prend ses aises sur son visage. Elle lui plaît terriblement. Ce sentiment lui en rappelle un autre, plus ancien. Un frisson chaud. Rien de négatif, au contraire. Félix aussi a bossé sur l'idiolecte d'un personnage de roman, mais pas pour une thèse, simplement pour sa maîtrise. Bien moins complet. Il avait essayé de démontrer que le langage du personnage sur lequel il travaillait naviguait entre séduction et destruction.

« Et ?

— J'ai eu un peu plus que la moyenne. Pas assez bossé, m'a dit mon directeur de mémoire, et il avait raison. Tu travailles sur ta thèse depuis quand ?

— J'entame ma deuxième année. J'avance bien ! Je sature un peu parfois… comme cet aprèm, alors je suis venue ici avec des copines. »

Combien de temps ont-ils parlé ainsi ? Félix a perdu tout repère, l'alcool, la nuit, et le bruit, boule intemporelle. À un moment donné, parce que Alex l'interpelle, Félix se voit obligé de se détourner de la jolie Louise. À peine quelques secondes. Mais lorsqu'il fait volte-face pour retrouver la belle thésarde, plus personne. Oh ! D'un coup d'œil, il l'aperçoit là-bas, entre deux épaules, bavardant avec Sylla et une inconnue. Il n'ira pas la chercher, orgueil. De toute façon, s'il le fait, il se persuade qu'il la perdra. Jeu de séduction.

Il doit l'amener à revenir lentement, doucement, sans y paraître. Alors, rire bruyant pour attirer son attention. Puis discussion avec deux mâles indiscrets qui se sont fondus dans le groupe ; d'ailleurs, il n'y a plus de groupe. Par la grâce de l'alcool, tous forment une unité : les clients ivres du bar. Les verres asséchés ont inondé l'atmosphère d'une soudaine promiscuité. Petite joute rhétorique entre Félix et des inconnus, rien d'extraordinaire, du bruit. Tous deux soutiennent que l'honnêteté devrait être le socle de la société. Félix hausse les épaules. C'est un combat qui ne l'intéresse pas, il s'y engage parce que la jolie blonde n'est pas loin et qu'elle peut l'entendre. Alors, le sourire arrogant, il affirme que sans la malhonnêteté, la civilisation s'écroulerait.

« Et pourquoi ça ?

— Imaginons que l'on soit tous honnêtes, que notre société repose sur cette honnêteté, comme vous le souhaitez. Donc plus de malversation, plus de vol. Mais dans ce cas, plus besoin, par exemple, de vendeurs dans les boutiques. Si je veux acheter une chemise, je n'ai qu'à déposer l'argent dans une boîte et repartir avec ma chemise.

— Et alors ?

— Et alors ? Retire tous les vendeurs des boutiques ! Mais aussi les caissiers. La police également puisqu'il n'y aura plus de vol ni de crime dans une société honnête. Et l'armée tant qu'on y est ! Et ? Hausse du chômage ! Tu vois. La malhonnêteté sert nos intérêts. »

Il a conscience que ce qu'il dit est bête et purement rhétorique. Mais tant pis, ça produit son effet.

Yohan choisit ce moment pour entrer dans la conversation, et celle-ci dévie petit à petit vers des considérations qui lassent Félix. Il ne pense plus qu'à la petite tête blonde, mais s'interdit de la chercher. Ses oreilles ont perdu d'ouïe la voix mélodieuse. Serait-elle partie ? Félix ne veut pas vérifier. « Si elle me surprend, je suis cuit ! se dit-il, avant de grimacer. *Je suis cuit*. Mais comment je peux encore employer une expression pareille ? *Je suis cuit*. Je mérite bien mes trente ans, non d'ailleurs, je mérite même plus ! *Je suis cuit*... Pff ! »

D'un mouvement d'épaule, il se sépare des inconnus ainsi que de Yohan pour rejoindre dehors Alex, Sylla et Kamel, eux aussi en grande discussion. Félix ne les écoute pas, un peu d'ennui. Allez, se prendre un dernier shot et rentrer chez lui. Au moment où il s'apprête à pénétrer de nouveau dans le bar, le voilà qui tombe sur la belle tête blonde.

« Tu es encore là ?

— Et toi, toujours pas partie ?

— Ça ne devrait pas tarder... tu veux boire quelque chose ? Non, d'ailleurs, tu as déjà trop bu, mauvaise proposition.

— Je ne sais pas si j'ai trop bu, mais de toute façon, je n'ai plus soif ! Et au fait, c'est quoi mon prénom ?

— Ton prénom ?

— Oui. »

Il a oublié. Elle l'a deviné, et s'en amuse.

« Tu as déjà oublié comment je m'appelle, c'est odieux, sourit-elle. T'en as vraiment rien à faire en fait ?

— Non, pas odieux. Ça n'a pas d'importance, un prénom. Je me souviens que tu rédiges ta thèse sur l'idiolecte des héros de romans français au XIXe, que tu es venue boire un verre parce que tu ressentais le besoin de souffler, et que tu as vingt-quatre ans. Ça te singularise plus qu'un prénom, non ? Combien de personnes portent ton prénom ? Des milliers, je suppose ! Tandis que ton parcours te rend unique !

— Mouais, bien essayé. Mais en attendant, moi, je me souviens du tien.

— Ah oui ? Et je m'appelle comment ?

— Félix. Et moi c'est… c'est… Lou… ? Lou… ?

— Lou ?

— Louise !

— Louise ! Louise ! J'aime beaucoup. »

L'orage éclate soudain, une pluie épaisse s'abat sur Paris. Tous deux restent pourtant immobiles, face à face. Louise ne cherche pas à s'abriter sous le store banne du bar, et Félix ne cille pas. Il ira où elle ira.

Bombardée par les gouttes, elle rit : « Ça fait du bien ! »

En quelques secondes, les voilà trempés. Félix sent l'eau glacée glisser le long de sa nuque.

« T'as pas tort, ça fait du bien. Tu aimes parler sous la pluie ?

— J'adore. »

Elle a bu, elle est jolie, il l'aime comme un collégien.

« Tu grelottes un peu quand même.

— J'ai froid, mais c'est agréable.

— Tu es jeune encore…

— Tu recommences avec ça ? On a cinq ans de différence à peine ! C'est ridicule !

— Six ans. Mais oui, c'est vrai. Je fais ma petite crise de la quarantaine à trente ans. J'ai toujours été un peu précoce.

— Un peu idiot aussi, non ?

— Tu prends tes aises, mademoiselle la thésarde !

— Alors comme ça, selon toi, sans la malhonnêteté, notre monde s'écroulerait ?

— Tu écoutais ? Bah ! c'était juste pour parler… et je parlais du monde économique tel qu'il est en ce moment. Mais il ne s'agit pas d'une théorie. Juste de propos alcoolisés…

— Quel intérêt ?

— Aucun, c'est du social. Une communication. J'aurais très bien pu parler d'autre chose.

— De quoi, par exemple ?

— De la lâcheté. Apologie de la lâcheté. Du sophisme, mais prouver que la lâcheté est courageuse, et que le courage est lâche. Moi, par exemple, je suis lâche. J'assume ma lâcheté, et c'est courageux d'ailleurs ! J'admire les lâches. Mon grand-père me racontait souvent cette anecdote d'un homme médisant sur un autre, et quand cet autre se retrouve un jour en face du médisant et le menace, il s'entend répondre : "Comment, monsieur ? Vous osez vous en prendre à un lâche !" J'adore cette histoire. À mon avis, le courage n'existe pas.

— Mais sauver quelqu'un dans un incendie, c'est courageux quand même !

— Non, justement. Le courage, c'est de filer, de

courir le plus loin possible de cet incendie. La véritable lâcheté consiste à aller risquer sa vie pour sauver quelqu'un dans un incendie, justement parce qu'on est incapable d'assumer le fait qu'on a peur. Surtout sous le regard des autres. Au fond, tu te précipites dans l'incendie en te disant : Je ne peux pas abandonner cette personne. Pourquoi ne le pourrais-tu pas ? Parce que tu ne le supporterais pas, à cause de l'image que tu te fais de toi. Oui, tu ne supporterais pas au fond d'être dévalorisé à tes propres yeux, tu es lâche !

— Donc, il vaudrait mieux être lâche ?

— Ce serait tellement plus courageux ! Tu sais, si on l'était tous vraiment, je suis certain qu'il n'y aurait plus de guerre. On aurait trop peur de s'attaquer les uns les autres. Plus de crime, non plus. Si tu réfléchis bien, il faut du courage pour attaquer une banque, par exemple, ou agresser quelqu'un. C'est pour ça qu'un criminel a toujours quelque chose de fascinant, qu'il nous rend curieux. Une part de nous l'admire, chuchote en secret : "Il a osé !" Attention, je ne fais pas l'apologie du crime, bien au contraire puisque je loue la lâcheté. Tiens, tu as l'habitude de voler dans les magasins ?

— Non, évidemment.

— Et pourquoi ? La morale ? C'est mal de voler ? Bah ! arrête, la morale te sert d'excuse. Elle te donne bonne conscience. Pire, tu te satisfais de ta probité. Mais ça n'est pas pour cette raison que tu t'interdis de voler. En réalité, tu as peur de la loi, du jugement et de la peine encourue. Tu ne voles pas dans une boutique tout simplement parce que tu n'as pas le courage de défier la loi et les caméras de sécurité ! Tu vois ? Ta lâcheté t'empêche de commettre un crime ! La lâcheté est bonne pour nous. Vive la lâcheté !

— C'est n'importe quoi. Ce genre de raisonnement, tu peux l'appliquer à tout. Nul… »

Félix, à la fois surpris et charmé par cette objection, éclate de rire. Comme le fantôme, des réactions inattendues qui le désarçonnent, et il adore ça.

« Tu as raison ! Vraiment surprenante, mademoiselle !

— Bon, allez, viens, on va finir par attraper froid », conclut-elle en le tirant par le bras.

Enfin, ils se réfugient sous la banne, près des autres, des fumeurs pour la plupart. L'inconnue, avec qui Louise parlait un peu plus tôt dans la soirée, apparaît près d'eux. Une grande brune, jeune, les yeux noirs mi-clos, le front plat. Félix ne parvient pas à déterminer si elle est belle. Quoi qu'il en soit, il n'aime pas ses yeux à demi fermés, il y flotte trop de malveillance. De l'alcool, un peu de drogue aussi. Pas l'air aimable. Elle écrase soudain son regard sur Félix.

« Tu es moche, assure-t-elle tout à coup. Tu es moche, elle est trop belle pour toi.

— Je sais bien, s'amuse le jeune trentenaire. Un peu frontal, mais tu n'as pas forcément tort. »

Il se tourne ensuite vers Louise, et claironne, avec une délectation masochiste :

« Elle a raison, tu sais, je suis trop moche pour toi, tu mérites mieux !

— Mais c'est méchant de lui dire ça ! proteste la poupée blonde en s'adressant à son amie.

— Je ne le prends pas mal. Toi, tu es jolie comme tout ! C'est normal qu'elle s'inquiète pour toi ! C'est une bonne amie. D'accord, la formulation est un peu aride, comme l'aurait dit un de mes profs à l'époque, mais bon... »

Louise hausse les épaules et lui sourit.

« La pluie a tout abîmé ta coiffure, mon pauvre ! »

Elle le recoiffe, en aplatissant curieusement ses cheveux châtains de chaque côté du crâne. « Je dois avoir l'air d'un chien mouillé. Pas beau à voir. L'autre a pas tort, elle est jolie, je ne la mérite pas, se dit-il. Bah ! je m'en fous... »

Coincés sous le store, bousculés, les voilà collés de force, l'un contre l'autre, épaule gauche contre épaule droite. Et dans l'intimité de leurs dos, leurs mains se rencontrent. Ce sont d'abord les doigts qui se frôlent, jouent, puis, ado timide de trente ans, le voilà qui saisit sa main. Elle se laisse guider.

« Si doux », rougit-il pour lui-même.

Capturée. Capturé. Ils jouent à nouer, dénouer. Petite main, chaude, et douce, et chaude encore, malgré la pluie. La pluie qui se calme, dommage il va falloir se détacher, les sardines quittent l'abri. Et puis, double fatalité, évidemment, l'heure fatidique :

« Mesdames, messieurs, le bar ferme, il est temps pour vous de nous quitter ! » annonce une grosse voix bodybuildée.

La petite foule soupire. Déjà, les buveurs s'éparpillent, zombies grelottants, à la recherche d'alcool frais. Et elle ? Va-t-elle aussi partir ? Cela vaudrait mieux, s'avoue-t-il. Parce que même s'il ne souhaite pas la quitter immédiatement... La trouille de la suite. La suite suppose des actes, et il ne veut pas tomber dans le piège. Non, pire, trop lâche pour passer aux actes.

« Tu rentres chez toi ? demande-t-il benoîtement.

— Oui, je pense. »

Un silence. Il devrait lui proposer autre chose, agir, mais il se retient. Le temps de ce silence, elle s'approche de lui, et ses lèvres se précipitent sur les siennes. Baisers. Un, deux, trois. Baisers tendres, charnels, puis il la repousse doucement, à contrecœur.

« Je ne sais pas si c'est bien... »

Comme l'orage, elle éclate : « Bon, bah ! si tu ne sais pas, tchao ! » Et comme l'éclair, elle file. Il reste là, les bras ballants, imbécile, elle a déjà disparu dans la cohue des buveurs éparpillés. « Je ne sais pas si c'est bien », mais quel imbécile ! Quel imbécile ! Et le pire, ce pour quoi il s'en veut le plus, c'est qu'il se sent soulagé. Lâche ! Pas d'effort de séduction à faire. Pas de pression. Elle est partie, il peut enfin retrouver un battement de cœur normal et retomber dans sa banale apathie du quotidien.

Le voilà trempé de pluie et de regrets. Oh ! pourquoi avoir dit ça ? Elle était si jolie. Il venait de se comporter comme un mufle. S'il avait pu assister à la scène, il se serait détesté.

Il hausse les épaules. Tiens, où sont les autres ? Coup d'œil autour de lui, aucun visage familier. Eux aussi, disparus. Abandonné. Le voilà seul. Dommage.

On rentre ? Il regarde l'heure sur l'écran de son téléphone et découvre qu'il a reçu un nouveau texto. Il devine qu'il va être question de « joyeux » et d'« anniversaire ». Un message de John :

Tu fais quelque chose ce soir pour ton anniv ?

Ce bon vieux John ! Il ne l'a pas vu depuis… depuis six mois au moins ! Et il se souvenait pourtant de son anniversaire ? Il y a du réseau social là-dessous. John a l'habitude de sortir ; s'il lui envoie ce message c'est forcément qu'il a quelque chose à lui proposer. Un instant, il hésite, et puis… et puis, allez, on y va, pas envie de rentrer, plutôt fuir et continuer à s'évanouir. Il tapote :

Rien de précis, tu fais quoi ?

Attente de la réponse. Silence. Pourquoi avait-il réagi comme ça ? Elle était jolie quand même. Et cette main chaude. Est-ce qu'il lui avait fait de la peine ? Non, une fille comme elle doit avoir tellement d'hommes à ses pieds. Petit orgueil d'avoir su la repousser. Lui que l'inconnue qualifiait de « trop moche pour elle » ! Ah ! il l'avait repoussée la jolie ! Alors, hein ? Trop moche pour elle ?

Portable qui vibre :

On est à la Canonnière, viens !

La Canonnière, ça se trouve de l'autre côté, dans le XIIIe. Tapotage :

J'arrive dans 30 mn !

Un nouvel élan, une nouvelle promesse, encore un peu d'oubli en perspective ! Et dans son euphorie, le voilà qui enfourche son petit scooter. Allons vivre !

Descente, longue descente, pleine vitesse, les rues vides. Opéra, boulevard de l'Opéra, traversée du Louvre silencieux. Voilà la Seine ! Belle Seine, les lumières qui se reflètent. Le long de la voie Georges-Pompidou, l'aiguille du compteur titille les cinquante kilomètres-heure. Il n'a pas le droit de conduire sur les quais, son scooter est d'un trop petit calibre, mais tant pis, on s'en moque, et après ? Hein, qu'est-ce qu'on va bien pouvoir lui faire ? L'arrêter ? Bah ! La bonne blague ! Qu'ils essaient !

Rue de la Cité. Une lumière dans la nuit. Supérette ouverte. Félix hésite deux secondes, avant de prendre une décision qu'il aurait qualifiée d'idiote s'il avait été encore sobre : « Allez, juste une fiole, on ne sait pas de quoi la soirée sera faite. » La peur de manquer d'essence à oubli. Ça ne lui sert qu'à ça l'alcool, à oublier. Cependant, il se trompe : plus il boit, plus il se rapproche d'elle.

En temps normal, Félix se serait soigneusement garé au bord du trottoir. Mais l'alcool, Louise et ses trente ans ont enhardi l'insomniaque. Il accélère, jette d'un bond son engin sur le trottoir, glisse sur le côté, puis freine, dans un crissement de pneus peu discret. Son arrivée bruyante fait de lui un être regardé, il en a parfaitement conscience. Et après ?

De nombreux éclopés de la nuit rôdent dans la supérette. Un couple, un ivrogne, trois jeunes, et lui. Le couple s'offre une bouteille de rosé en gloussant ; l'épicier la leur débouche, « ça va se terminer sur les quais en amoureux ! » croit deviner Félix qui, à peine entré, se place dans la file d'attente. L'ivrogne devant lui tient une bière entre ses mains, Félix la reconnaît, c'est une 8.6. Une 8.6 ! À une période, Félix se souvient en avoir beaucoup consommé. Pas cher, et puis efficace ! Ils sortaient de cours le vendredi soir et, avec les potes, 8.6 ! Mauvais goût, mais on s'y habitue. Après tout, il s'était bien habitué au café à cause du fantôme. Elle buvait toujours des cafés en sortant de la fac, alors à l'époque, il la suivait avec le groupe, et commandait également un café, c'était ce qu'il y avait de moins cher. Il préférait attendre qu'il refroidisse pour le boire, et puis comme ça, il pouvait rester plus longtemps près d'elle. En revanche, la 8.6, c'était le vendredi seulement, fin de semaine, pas de cours le week-end donc, bon, il avait quand même le droit. Deux canettes suffisaient, parfois trois. Ivresse bon marché.

D'ailleurs, voilà, puisque c'est comme ça, il va lui aussi s'acheter une 8.6. Envie de regoûter à ce passé à portée de main.

À l'époque, ils se prenaient tous plus ou moins pour des artistes. Il y avait les peintres, qui dessinaient des figures improbables sur leurs cahiers. Les philosophes, qui essayaient de comprendre le monde en se noyant dans des débats remplis de Platon, Nietzsche ou Descartes. Les musiciens, qui composaient sur leurs guitares sèches des œuvres au goût de Gainsbourg et profitaient des soirées pour faire découvrir aux autres leurs créations. Lui, encore moins original, faisait partie d'une autre catégorie, celle des écrivains. Il affirmait qu'il écrirait des romans et en tirait une grande fierté. Prix Goncourt, bien entendu, et pourquoi non ? Il scribouillait des petits textes surréalistes, influencés par l'écriture automatique et les cadavres exquis. Il en avait gardé quelques-uns dans une pochette en plastique cachée tout au fond d'un placard.

C'étaient des enfants qui jouaient à être adultes, et ils adoraient ça. Ils rigolaient beaucoup aussi. Marchaient des heures et des heures dans Paris. La nuit les cachait. Ils savaient toujours où trouver de quoi s'approvisionner. Et l'ivresse jusqu'au dernier métro, les jours de fatigue ; ou au premier, dans les soirées d'euphorie.

« Monsieur ?

— Pardon... »

Félix pose sa 8.6 sur le comptoir avant d'ajouter un peu honteux :

« Heu, je vais aussi vous prendre la flasque de vodka derrière vous s'il vous plaît. »

Il appuie bien sur le « s'il vous plaît » pour prouver

au monde qui l'entoure qu'il n'est pas soûl. Sauf que la manière dont il appuie sur le « s'il vous plaît » prouve définitivement à tout le monde qu'il est soûl. Qu'importe, de toute façon, ils sont tous soûls, le vendeur fait lui-même commerce la nuit avec cette soûlerie.

À peine sorti, décapsulage de la canette. Le bruit et la mousse. Ce parfum. Une madeleine de Proust sans élégance. L'odeur de cette mousse lui fait croire l'espace d'un instant que Jules et Lamine sont à ses côtés, qu'ils marchent tous les trois sur les quais, canettes à la main, rire bruyant, et pas lourd. Chaque fois qu'un bateau-mouche les croise, Jules baisse son pantalon pour montrer ses fesses aux touristes en train de prendre en photo l'Hôtel de Ville, ce qui fait hurler de rire Lamine et Félix. Plus tard, Félix improvisera sur l'esplanade un numéro de théâtre contemporain parodique qui lui vaudra des applaudissements de la part de touristes étonnés. Toujours plus tard, du côté de la Bastille, Lamine voudra démontrer qu'il peut donner des coups de pied de karaté dans un lampadaire cinq fois de suite sans souffrir ; dès le deuxième coup évidemment, il s'écroulera sur le sol en se tordant de douleur. De temps en temps, lorsqu'ils tombent sur une épicerie encore ouverte, ils se ravitaillent, nouvelles canettes, odeur de mousse, ivresse. Tous trois s'abandonnent, et tant pis si demain leur esprit sera embrumé en se rendant à la bibliothèque de Beaubourg, tant pis s'ils n'avancent pas correctement sur leur dissertation de lettres. La seule chose qui fasse plaisir à Félix, c'est d'imaginer qu'elle sera peut-être là. C'est vrai, de temps en temps, elle vient, elle aussi, à la bibliothèque, s'asseoir derrière une des longues tables grises afin de travailler sur tel ou tel devoir à rendre. Alors il se laisse glisser vers les délices de la contemplation. Ses cheveux blonds, ses jolies lèvres, ses fossettes juvéniles, sa manière de souffler lorsqu'elle s'agace, ou encore de tordre sa bouche sur le côté, fruit d'un doute. Mais elle ne reste jamais longtemps, trop douée pour ça. Petit génie, malgré ses airs de dilettante. Il l'admire et la jalouse un peu pour cette raison ; à côté d'elle, il se sent bête. C'est pour cela qu'il veut progresser, devenir meilleur, apprendre, se cultiver. Se hisser à sa hauteur. Et alors seulement, il osera agir…

Mais les images du passé sont soudain brouillées par un écœurement inattendu. Le jeune trentenaire se retrouve aussitôt écrasé sur le plancher du présent. Cette bière ! Quel goût affreux ! Si mauvais ! Son palais n'a plus l'habitude. Comment a-t-il pu boire ça ? Âpre, rêche… non franchement ! Sa première gorgée déclenche une grimace. La deuxième, un dégoût. Cependant, il se force, continue à boire, encore et encore, ne pas gâcher. À un moment, il est pris d'un haut-le-cœur. Jamais il n'en avait eu en buvant ces bières avant ! La recette a-t-elle changé ? Une écharde d'honnêteté lui perce soudain le cœur : « Je me suis embourgeoisé. » Difficile à admettre. Embourgeoisé, lui ? Bah, bah, bah… faut rien exagérer. « J'ai grandi à la dure, on ne m'a rien donné, je sais d'où je viens… » Pourtant, lui rappelle sa conscience, tu ne pars plus en vacances avec un sac sur le dos. Tu ne fais plus de stop pour te déplacer. Tu vas dans des hôtels réservés. Tu fais attention aux fringues que tu mets, aux marques que tu achètes. Tu portes même un soin particulier à repasser tes vêtements avant de les enfiler chaque matin ! Pire, tu surveilles ton alimentation pour ne pas prendre trop de poids. Des yaourts allégés. Pas de sucreries après quinze heures. Du poisson le soir, ou en tout cas des trucs sans matières grasses. Ah ! et après avoir mangé au fast-food, tu fais un jogging dans les vingt-quatre heures pour te déculpabiliser ! Embourgeoisé ? Mais bien sûr que tu l'es !

Félix ne sait plus comment argumenter. Il tente de lutter un peu au début, se dit que non, il a conscience des choses, qu'il pourrait très bien refaire du stop, ce n'est pas un problème, c'est plus une question pratique, de confort, bon d'accord, c'est vrai, il s'est embourgeoisé, et alors, quel mal à ça ? Quand on a trente ans, on s'embourgeoise, et puis c'est ainsi, il a pris goût à un certain confort.

Lassé par l'agressive odeur de sa bière, le néotrentenaire se dirige rapidement vers une poubelle où il abandonne sa canette et quelques souvenirs. Terminée la 8.6. Un sale goût dans la bouche, il ouvre la flasque de vodka et rince son palais. Désinfection opérée. Ses papilles revivent. Bon. Il est temps d'y aller.

Petit phare dans la nuit. Un point lumineux qui grossit, grossit, brisant la succession des perspectives. De plein fouet dans la rue de la Cité puis la rue Saint-Jacques. Le point lumineux stoppe sa course à un feu, au niveau de l'observatoire de la Sorbonne. Effet kaléidoscopique. La bière avait ravivé les souvenirs, l'observatoire leur donnait forme.

Alors, plutôt que de continuer tout droit, Félix se laisse happer par le passé, déviant de son trajet pour se retrouver devant la place de la Sorbonne. Un arrêt mélancolique, juste quelques minutes, promis. Le temps d'une nostalgie. Puis il reprendrait la route, la Canonnière l'attendait!

Lentement, il retire son casque et récupère la flasque de vodka cachée dans son coffre. Juste une gorgée, à la santé du passé! C'est sur cette place qu'il a rencontré le fantôme. Il y a dix ans maintenant. C'est long dix ans… La Sorbonne, et la liberté. La débrouille aussi, financièrement, c'est sûr, il n'aurait pas pu sortir comme ce soir, se payer des coups, en offrir à d'autres. Mais l'ivresse des amitiés, de la jeunesse. Il n'a pas assez profité, trop sage. À l'époque, il pensait qu'il arriverait un jour à se faire aimer, à la séduire. D'abord, grandir. Devenir quelque chose. Puis revenir, couvert d'or et de gloire, conquistador du XXIe siècle. Surtout, il pensait qu'en écrivant un beau roman, plein de feu et d'amour, il parviendrait à la séduire. Bah ! Ça lui avait surtout permis de ne rien oser, et au final, il était resté vautré dans son confort. Exactement comme avec Louise. Dommage quand même pour tout à l'heure. « À ta santé Louise ! » murmure-t-il en s'enfilant une nouvelle rasade de vodka.

Là, sur cette place, il l'avait espionnée, suivie du regard, avec amour. Pourquoi elle ? Il en avait pourtant croisé des centaines, des milliers d'autres ensuite dans les rues, les bars, les soirées. Belles, émouvantes, intelligentes, sinueuses, pleines de charme… Mais c'est le fantôme qui l'avait capturé, définitivement. Ce désir noué, il n'avait pas su s'en défaire, sans jamais pour autant parvenir à lui donner un sens concret. Car quel sens lui donner, si ce n'est celui de sa propre identité ? À la question « qui suis-je ? », il pouvait désormais répondre en silence : celui qui l'aime. Voilà ce qui le différencie des six milliards et quelque neuf cent quatre-vingt-dix-neuf millions, neuf cent quatre-vingt-dix-neuf mille, neuf cent quatre-vingt-dix-neuf autres personnes avec qui il partage cette planète. Et puis, il lui fallait bien croire en quelque chose. Un jour, il avait lu ces mots dans *La Chute* de Camus : « Pour qui est seul, sans dieu et sans maître, le poids des jours est terrible. Il faut donc se choisir un maître, Dieu n'étant plus à la mode. » Elle avait incarné son divin. Elle lui avait servi de foi. Il savait dorénavant à qui adresser ses prières, passant du statut d'athée à celui de hanté. Lui qui, depuis sa plus tendre enfance, avait toujours éprouvé de la méfiance à l'égard de Dieu (mais que s'était-il passé avec les dinosaures, bon sang ?) se sentait soulagé. Plus besoin de se convaincre de l'utilité d'être, puisque par elle tout se justifiait ! Oui, par elle il s'était construit, forgé un orgueil, des ambitions. Avant de la connaître, il avait toujours eu le sentiment de traîner, sans but, à travers les années. Ça ne le dérangeait pas plus que ça, simplement, il lui manquait un dessein. Il l'avait finalement trouvé un matin d'octobre, sur les bancs de la fac. Au cinquième rang. Elle s'était retournée pour parler à quelqu'un assis derrière elle. C'est à ce moment-là qu'il la vit, rougit, pâlit à sa vue. Une fraction de seconde à peine avait suffi à évangéliser les dix années qui avaient suivi.

Où es-tu fantôme ? Dans quel pays vis-tu ? Toujours loin de la France ?… Que fais-tu de tes journées ? Penses-tu à moi de temps en temps ? Non, hein ? Tant pis…

Les aiguilles de la grande horloge, gardée par deux idoles de pierre, indiquent minuit trois quarts. Pas tard finalement. Félix a perdu l'habitude de la nuit. À cette heure-ci, la plupart du temps, il dort déjà. Bien sûr, il lui arrive de sortir. Bien sûr, des restaurants, des soirées, des boîtes de nuit. Mais dans ces moments-là, il évolue en groupe. Là, le voilà seul. Cette nuit sera la sienne. Sans direction précise. À l'exception de la Canonnière, oui, mais…

« En fait, je suis juste soûl, s'interrompt-il en haussant les épaules, avant de s'asseoir au bord de la fontaine. Un peu pathétique comme soirée d'anniversaire. » Nouvelle gorgée de vodka. « À la tienne fantôme. Tu me manques. »

Deux jeunes apparaissent au coin de la rue Champollion. Le premier, grand et mince, a des cheveux longs qu'il coupera probablement dans quelques années, une allure dégingandée, et le sourire ivre. Le second, plus petit et grassouillet, paraît moins soûl. Laurel et Hardy, s'amuse un instant Félix. Tous deux se rapprochent de lui. Pas l'air méchants. Qu'est-ce qu'ils lui veulent ?

« Eh, on partage mon vieux ? demande le chevelu en pointant du doigt la flasque de vodka.

— Le *mon vieux* est en trop pour ce soir…, grogne Félix.

— Hou, mais c'était pas agressif ! Au contraire ! Amical !

— J'entends bien, pas grave, mais *mon vieux*, ce soir ça fait mal. Vous êtes étudiants ?

— Ouais, ici même.

— Je l'ai été aussi.

— Ah ouais ? En quoi ?

— Lettres…

— Et après, c'est comment ? Tu trouves du taf ? T'es prof ?

— Après ? Ça va très vite. Pas prof, non, j'aurais pu, mais non, du journalisme.

— Où ça ?
— Un journal que vous ne connaissez pas…
— T'as de la chance, franchement, on a hâte que ça se termine.
— Pourquoi ?
— C'est une tannasse ces cours…
— Pour le coup, je vais faire *mon vieux*, mais franchement : profitez.
— De quoi ?
— Bah ! de tout. De votre temps libre, des filles, de… je ne sais pas… plus tard vous n'aurez plus cette liberté.
— Et pourquoi ? intervient pour la première fois Hardy.
— Après, ce n'est plus pareil. Les obligations… Je ne peux pas expliquer, c'est compliqué. Simplement, il faut profiter.
— Tu peux pas toi ? reprend Laurel, le meneur.
— Je vieillis.
— Ça va, tu fais pas vioque non plus !
— Je dois commencer mes phrases par "Il y a dix ans" pour vous raconter mes années de fac.
— Ah ! ouais…
— Pire, je pourrais déjà être votre prof ! En TD du moins !
— Ce serait marrant.
— Pas sûr. J'ai été un élève médiocre au départ, alors t'imagines bien que vos excuses bidon pour les retards et autres devoirs non rendus, je les connais par cœur. Je vous aurais retourné le cerveau.
— Ouais, mais t'as l'air gentil.

— Un peu méprisant ton *gentil.* D'autant que je ne pense pas l'être. Je suis bien plus méchant que tu ne peux te l'imaginer. Gatsby est gentil selon toi ?

— Heu… le mec dans le roman de Fitzgerald ? C'est un personnage complètement taré !

— Alors je suis taré. Mais un taré raté. Tiens ça fait anagramme. Taré raté ! Bah ! tu es sévère, Gatsby a tellement d'élégance !

— C'est quoi le rapport ?

— C'est moi le professeur, c'est moi qui interroge ! Je parle de ce dont j'ai envie. Tenez, interrogation : Que dit un asticot qui croise un autre asticot dans une pomme ? »

Silence rigolard des deux étudiants qui tentent malgré tout de trouver une réponse.

« Heu… Je sais pas, répond le plus grand.

— Il lui dit : Tiens, vous aussi vous habitez dans le quartier ?

— Ah ! ouais, pas terrible.

— Juge de l'humour ! Encore un ! Mon Dieu ! Tribunal et tout et tout. Bon, j'abandonne les charges, je suis magnanime. Je vais vous récompenser.

— Tu nous en donnes alors ? s'excite Hardy en hochant son gros visage vers la flasque.

— Je vous la laisse même !

— Merci beaucoup !

— Royal ! »

Un instant, Félix hésite à leur lancer un « profitez bien de vos études ». Mais il a suffisamment joué au vieux jusqu'à présent. Il est temps d'y aller.

Il enfourche à nouveau son scooter, la vue boueuse d'alcool, imprudent, tant pis.

« Tu devrais pas conduire dans ton état ! hurle le grand maigrichon.

— Attention, tu vieillis ! » lui répond Félix avant de démarrer et de disparaître boulevard Saint-Michel.

Dix minutes plus tard, le voilà arrivé à destination. Il se gare dans une rue un peu plus haut, à l'abri des regards, puis redescend vers la Canonnière. Deux colosses aux airs guindés font la garde devant la porte. Un bruit diffus et lointain de musique. Et devant, une file d'attente. Un mec bourré insiste pour entrer en répétant « Fais pas le relou ! » à l'un des vigiles impassibles. Félix assiste à la scène de loin, et devine ce qui va se passer. D'ailleurs, pas besoin d'attendre très longtemps. Le mec bourré commet l'erreur qu'il ne fallait pas, il pose sa main sur l'épaule du colosse en répétant une énième fois : « Allez, laisse-moi entrer, c'est bon ! » De golem de pierre, le videur devient vif comme le vent, et frappe du plat de la main le torse frêle du bourré, qui se retrouve projeté quatre bons mètres en arrière. Un vol plané d'une beauté ! Félix a presque envie d'applaudir et de donner une note artistique à la performance. Le mec bourré se relève, roule des yeux, offusqué et perdu, en répétant pour lui-même : « Mais il est fou ! » Cependant, il n'essaie plus de forcer l'entrée. Sans un mot, il tourne les talons et disparaît en titubant dans la nuit.

Ravi de ce spectacle inattendu, Félix tapote un texto à John :

Je suis devant.

Quelques secondes plus tard, John apparaît. La chemise blanche légèrement ouverte, le front perlé de transpiration, le sourire blanc, les cheveux noirs plaqués en arrière par le gel, une fine barbe sur les joues. Ses yeux verts pleins d'assurance se posent sur Félix.

« Eh ! viens, entre ! (Il est avec moi, glisse-t-il aux colosses impassibles.) Allez, on va fêter ça !

— Merci...

— Passe au vestiaire ! Je te retrouve à notre table, on est au fond, dans la pièce de droite, tu vois où c'est ?

— Très bien ! »

Félix connaît cette boîte, il l'aime bien d'ailleurs. Il s'y est rendu à plusieurs reprises avec ses collègues et ses amis aussi. Le vestiaire se trouve en bas, près des toilettes. En descendant les escaliers, Félix constate que sa démarche est encore relativement nette. Il se pensait plus soûl que ça. La virée en scooter à travers Paris, respirer l'air, tout ça, bah, ça lui a fait du bien finalement !

« Seulement un blouson ?

— Seulement. »

En échange de quatre euros, il récupère son ticket, et remonte les escaliers.

Effervescence. Musique bombardante, foule qui

saute les bras en l'air en hurlant le refrain «*Jump around*». Il se fraie tant bien que mal un passage à travers cette hystérie dont il profitera bientôt, après avoir bu un verre, histoire de se mettre dans l'ambiance. La pièce à droite, ah ! ouais, il a quand même privatisé l'espace entier, le John ; les affaires roulent pour lui !

En y pénétrant, Félix fait face à une demi-douzaine d'inconnus.

« Tu veux boire quoi ? Une vodka ? l'accueille John.

— Oui, avec un glaçon.

— Tu faisais quoi ?

— J'étais sorti avec les collègues…

— Tu sens le chien mouillé.

— J'ai pris l'orage tout à l'heure !

— Nous, on y a échappé, on est entrés à temps. Au fait, je te présente tout le monde : Yves, Patrick, Redouane, Justine, Alexia et Antoine, que tu connais déjà je crois, on avait fait un foot il y a longtemps ensemble. »

Félix le connaît déjà, en effet, il vient seulement de se le rappeler. Il le déteste aussi déjà. Mauvaise surprise.

« Ça va ?

— Bien et toi ? Alors, trente ans ? sourit Antoine.

— Oui, trente ans… »

Il se sent bête, il aurait voulu le griffer d'un mot, mais ne trouve rien sur le moment. Pourquoi ne l'apprécie-t-il pas, au fait ? Ah ! oui, c'est vrai, c'est un râleur, au foot, il grognait tout le temps, à chaque action, réclamant une faute, et s'énervant pour un rien… fatigant. Vraiment, Félix en garde un mauvais souvenir. Et puis, il n'aime pas du tout son sourire, sourire idiot, débile, hypocrite, sourire de publicité pour dentifrice, pouah ! Non, vraiment, il ne peut pas, ça pue le faux jeton, vite, éloignons-nous !

« Tiens, ta vodka ! lui dit John en lui tendant un verre rempli presque à ras bord.

— Merci beaucoup ! Tu rigoles pas avec les doses toi !

— Pour ton anniversaire, profite ! »

Première gorgée. Et le spasme de la tête qui se plaque d'un coup contre son épaule droite avant de reprendre sa place initiale. Justine est jolie. Souriante en tout cas. À peine croise-t-il son regard qu'elle engage la conversation, avenante.

« Tu fais quoi dans la vie ?

— Concepteur-rédacteur dans la pub, et toi ?

— Attachée parlementaire ! »

Félix s'assied en face d'elle.

« Intéressant ! Tu t'occupes de qui ?

— De ***. Un vicieux ! » sourit-elle.

Nouvelle gorgée de vodka, nouveau spasme.

« Ça se passe bien ?

— Pour eux, oui, ils foutent rien, c'est nous qui faisons tout ! revendique-t-elle soudain.

— Qui nous ?

— Les attachés ! On va même tracter à Pétaouchnock dans des marchés dès sept heures du matin ! Eux, ils restent peinards dans l'hémicycle ou dans les restos à côté à siffler leur pinard !

— Ah…

— Elle a un peu bu je crois, intervient Antoine.

— Oh, ça va, je me lâche, ça fait du bien.

— Oui, mais imagine qu'il répète ce que tu es en train de dire…

— Je n'en ai pas du tout l'intention, je…, tente d'intervenir Félix, agacé par l'imbécile qui le soupçonne à tort.

— Ça va, réagit plus promptement Justine, il est pas con, il sait que ce que je dis, je le dis comme ça ! Faut se détendre ! T'es trop stressé ! Et puis, c'est pas comme si personne n'était au courant ! »

Antoine hausse les épaules avec mépris, murmure quelque chose que personne ne comprend.

« T'as dit quoi ? demande Justine avec véhémence.

— Rien.

— Si, t'as dit quelque chose, j'ai entendu.

— C'est bon, lâche-moi ! » répond Antoine.

Il se lève et quitte la pièce.

« Désolé, s'excuse Félix, ravi de la dispute, et soulagé du départ de l'imbécile. Un peu tendu tout de même le garçon, non ?

— T'y es pour rien. Il est parano…

— Il fait quoi dans la vie ?

— Comme moi, attaché parlementaire. Mais d'un autre.

— Ah ! OK, je comprends. »

Félix change de place et s'installe à côté de Justine.

« Vous êtes ensemble ?

— Quoi ? Nan, pas du tout ! On l'a été mais il y a deux ans, depuis, on est restés potes, c'est tout ! »

Félix a envie de jouer : « Il a des sentiments pour toi, ça se voit.

— N'importe quoi.

— Ah si, je t'assure.

— Mais nan !

— Je te signale qu'il a été jaloux dès qu'on a commencé à se parler. »

C'est faux. Mais l'alcool le rend joueur. Il veut créer une intrigue, en tirer les ficelles, s'amuser avec eux comme un gosse avec ses bonshommes. De cette manière, il pourra se croire puissant. *Delirium dominandi*. Besoin de dominer pour se rassurer.

« C'est bizarre, pourtant, il a une copine…, reprend Justine, flattée.

— Et elle est où sa copine ce soir ?

— Bah, j'en sais rien…

— Ça ne t'intrigue pas ? Tu as quelqu'un toi ?

— Non.

— Une jolie fille comme toi ? Tu te fous de moi ?

— Arrête d'exagérer, répond-elle, réclamant malgré elle, par son sourire, d'autres compliments.

— J'exagère pas ! Rassure-toi, je suis honnête, je ne te drague absolument pas, tu es très jolie, je te dis ça simplement ! Mais il a des sentiments pour toi, il a mal réagi à partir du moment où tu m'as parlé, il a préféré s'éloigner et, en plus, vous avez été ensemble, donc ça a du sens non ? »

Elle recoiffe sa mèche, sourit, baisse les yeux, en devient presque adorable. Félix pétille.

« Et toi t'as quelqu'un ? demande-t-elle.

— Oh, moi, je préfère ne pas répondre, ça n'a rien d'intéressant !

— Bah ! moi je t'ai répondu !

— Parce que tu l'as voulu ! Moi, je bois de la vodka et ça me suffit pour ce soir !

— T'es bizarre…

— Je sais, mais c'est aussi ça qui te plaît. Sinon tu ne me parlerais pas. Au moins, il se passe quelque chose. Imagine que je t'annonce que je suis un tueur, comment réagirais-tu ?

— J'aurais peur !

— Et en même temps, tu serais excitée. Ça te ferait une histoire à raconter plus tard à tes amis. Tu aurais vécu quelque chose d'étonnant, l'impression de t'être échappée de ton quotidien ! »

D'une gorgée, fin du verre de vodka. Et un sourire gonflé de confiance s'épanouit sur ses lèvres. Une sorte d'euphorie qu'il ne parvient pas à s'expliquer. *Delirium* et *libido dominandi*.

« Tu veux pas danser ? Viens, on va le rejoindre ? Et vous, vous voulez pas danser ? »

John éclate de rire : « T'as raison, on s'encroûte, venez, on va bouger un peu ! »

Félix prend la tête de la file, fait son entrée dans la grande salle, et joue des épaules pour atteindre le centre de la piste. Musique hip-hop *old school*. La salle rugit de plaisir dès les premières notes d'*Ante Up*, parfum d'adolescence et de souvenirs. Des liens entre groupes se créent. Des danses absurdes, des rires, de la transpiration. Parfois, une petite bousculade, rien de grave, un signe de la main pour s'excuser.

John tend un nouveau verre à Félix qui boit, sans se poser de questions. Arrière-goût étrange. Mélange d'alcools divers probablement. La musique. La pénombre, les rayons de lumière colorés. Les battements de cœur s'accélèrent. Des visages défilent devant lui, des rencontres, des inconnus, il a perdu de vue Justine et les autres, bah, pas grave, dansons !

De hasard en hasard. Face à une jolie petite brune aux yeux marron et au charme félin. Félix a envie d'aimer tout le monde. La chaude euphorie du corps.

« Tu t'appelles comment ?

— Cécile ! Et toi ?

— Moi, peu importe ! De toute façon, dans quelques minutes, on aura oublié ! Allez, danse ! Tu es jolie, Cécile !

— C'est la première fois qu'on me le dit, minaude-t-elle avec une modestie aussi certaine que l'existence de Dieu.

— Mais oui, je te crois. Pauvre, chère et tendre Cécile ! »

Mains sur les hanches. Félix se sent rudement bien, un peu chaud, mais tellement bien, comme dans son lit, moelleux, debout pourtant, confortable, et elle qui se serre contre lui, il lui passe la main dans les cheveux, caresse ensuite la nuque, elle lui sourit, sourire délicieux.

« Attention, mon copain doit me rejoindre ! lui chuchote-t-elle au creux de l'oreille.

— Tant qu'il n'est pas là, profitons…

— Non, sérieusement, fais attention… il est très jaloux.

— Proportionnellement à ta beauté, c'est normal qu'il soit très jaloux. »

Elle laisse les mains de Félix se promener sur son corps.

« Je t'aurai prévenu, chuchote-t-elle à nouveau.

— Au pire, il me casse la gueule ! Et après ? C'est grave ? J'aurai bobo le lendemain, un peu, et puis ça fera viril, au bureau j'aurai la réputation du mec qui se bagarre, donc au final c'est positif !

— T'es défoncé en fait ?

— Non, je suis heureux. Remarque, ça revient peut-être au même... »

Leurs nez se frôlent, une fois, deux fois. Encore un joli sourire de trente-deux blancheurs, des fossettes attendrissantes. La musique accélère, mouvements de tête en avant, dans le rythme. *The Potion* de Ludacris. Un baiser, volé, puis un deuxième. Un autre encore, plus langoureux cette fois. Félix décide alors de lui tourner brutalement le dos et de s'épuiser ailleurs. Technique banale, lui montrer qu'il se moque d'elle pour mieux la faire revenir, c'est un pari, de toute façon, il n'a rien à perdre, il se sent bien, il fait si bon. Danse avec d'autres inconnues, le visage de Justine apparaît puis disparaît, et encore des inconnues, des visages différents, encore et encore. Son bras est tiré d'un coup en arrière, le voilà face à John.

« Tu te sens comment ?

— Tellement bien ! Pourquoi ?

— Tant mieux... c'est mon cadeau...

— C'est quoi ton cadeau ?

— Je t'ai fait boire une potion magique tout à l'heure, avec mon ingrédient secret. Profite ! »

Quelle potion magique ? Félix ne comprend pas, et

s'en moque. Il veut profiter. Aimer, donner, offrir, il est si bien. L'euphorie brûlante. La vie est belle. Puisse cette soirée ne jamais se terminer ! Pas de demain, ni de soleil. Mais ces centaines de corps électriques ! Ce délicieux chaos ! Il ne s'est jamais senti aussi optimiste de sa vie ! Tout ira bien, et tant pis si le fantôme est loin, tant pis s'il n'existe plus pour elle, le mieux, c'est qu'elle soit heureuse, voilà, si elle l'est, tout va bien. Dommage que tu ne sois pas là pourtant, fantôme, tu me manques beaucoup, tu sais, et puis on aurait ri tous les deux ! On se serait moqués des autres, de leurs danses, de leurs apparences, de leur social. On aurait dansé un peu, je t'aurais embrassée, tenue dans mes bras. Tant pis, tant pis, j'espère que tu es heureuse de ton côté !

Félix souhaite que tout le monde soit content, et à cette seule condition, il pourra lui aussi l'être. Combien de temps ? Des secondes, des minutes, des heures peut-être ? Aucune idée. Il sautille sur place d'allégresse, bercé par cette incroyable chaleur.

Plusieurs quarts d'heure qui échappent à sa mémoire. Puis soudain, la fatigue. L'euphorie retombe, lentement, la douce chaleur qui l'enveloppait s'épuise, et le voilà de retour à son état quotidien. Comme réveillé. Quelle heure est-il ? Déjà deux heures ? Le temps passe si vite ! Félix jette un coup d'œil lucide autour de lui : Justine, John et la petite bande ne sont plus là. Cécile non plus. Besoin de se reposer, s'asseoir un peu, le voilà de retour dans la pièce où tous sont réunis.

« Alors t'as aimé ma potion ? s'enquiert John.

— Mais quelle potion ?

— Celle du verre que je t'ai donné tout à l'heure. Tu te sens comment ?

— Bien… enfin, je sais pas, un peu chaud… mais c'était quoi cette potion ?

— T'avais jamais pris de MDMA ?

— Non.

— T'es baptisé poto ! Joyeux anniversaire. Moi, je suis démonté ! Ça me fait plaisir que tu sois venu ! On se voit pas assez tu sais, tu devrais sortir plus souvent putain ! s'exclame-t-il affectueusement en prenant Félix dans ses bras. Tiens, sers-toi un verre sinon tu vas avoir la gorge sèche ! Faut t'hydrater à mort ! »

Quelques minutes immortelles. Félix est affalé dans le canapé, sonné. Musique lointaine non identifiable. Un glaçon dans la bouche, gorge sèche en effet. « Tu fais quoi dans la vie ? » demande-t-il machinalement à un type assis à côté de lui et dont il ne se souvient plus du prénom. Et bla-bla-bla. La conversation ne l'intéresse pas, mais il simule, ça occupe, ça repose. Son regard roule dans la pièce. Il observe John se pencher sur un coin de table, masquer son visage avec sa main, puis inspirer longuement d'un mouvement de tête de droite à gauche, avant de se redresser euphorique : « Putain, je vous kiffe bande de bâtards ! » Bah, si ça lui fait du bien. Il n'a pas l'air plus malheureux qu'un autre. « Concentre-toi plutôt sur le mec qui te parle et essaie de formuler des réponses qui ont du sens ou tu risques de passer pour un abruti », se conseille Félix. La conversation reprend, le néotrentenaire recouvre un peu de lucidité, énonce quelques banalités. Un rire malveillant d'Antoine vient soudain chuinter près de ses oreilles. Une intuition persuade Félix, à raison, qu'il en est la cible.

« Un problème Antoine ?

— T'emploies des mots trop compliqués mec ! lui répond le mauvais rieur. Qu'est-ce qui te prend de dire *compulsivement* à cette heure-ci ? »

Et le rictus hypocrite qui s'étale sur son visage ; comme si cette question pouvait être amicale ! Félix déteste ça. Le sourire et la question. Le sourire, trop brillant alors qu'il cache beaucoup de malveillance. Et la question, parce qu'elle lui paraît terriblement beauf ; il y a toujours des crétins qui trouvent que les mots longs sont compliqués. Avec un peu plus de calme et de clairvoyance, Félix aurait pu lui répondre que la complexité des mots *joie* ou *être* se révèle bien plus redoutable qu'un pauvre vocable en cinq syllabes comme *compulsivement*. Mais Félix ne parvient jamais à garder son calme lorsqu'il se retrouve en situation de confrontation. L'excitation du sang, du combat, un démon en lui hurle de plaisir. Petit déjà, il se bagarrait beaucoup à l'école. Peut-être parce qu'à la maison, on le bagarrait beaucoup aussi. Heureusement, en grandissant, il avait appris à se calmer, à gérer ses colères. Mais si on arrosait son démon d'alcool et de provocations, alors sa raison ne pouvait plus rien…

Carnassier, poings serrés, Félix répond à l'imbécile :

« Parce qu'un mot fait plus de deux syllabes, tu le trouves compliqué ?

— C'est pas ce que…

— Si, c'est intrinsèquement ce que tu viens de dire.

Oh pardon, *intrinsèquement*, ça doit te paraître compliqué aussi ? Tu sais ce que ça veut dire au moins ?

— Ça va, fais pas ton intello !

— Donc je suis un intello parce que j'emploie l'adverbe *intrinsèquement* ? Si je dis que t'es un gros gland, tu comprends ? Pas trop intello ?

— C'est bon Félix, calme, c'était pas méchant… il rigolait ! intervient John, en maître de salle.

— De l'humour ! Mouais… Encore eût-il fallu que cela soit drôle ! » ironise Félix.

Par chance, personne ne lui demande à quel temps il vient de conjuguer le verbe *falloir*. Parce qu'il aurait été bien incapable de répondre, trop soûl pour farfouiller dans les débris de sa conjugaison.

Le démon espère une contre-attaque, prêt à bondir, mais Antoine se tait. Un sourire imbécile pour Justine, John et les autres, mal à l'aise. Félix aurait bien mordu Antoine à la jugulaire, mais bon, on risque de lui dire qu'il en fait trop. Dans la petite salle privatisée, l'ambiance semble un peu plombée, et le néotrentenaire sait qu'il en est le responsable. Agacé et honteux, il décide alors de quitter la pièce et de rejoindre le bar pour s'offrir un nouveau verre. Serpent qui se faufile entre les corps. Plus envie de danser. Le comptoir là-bas devient une oasis. Un verre et tout ira mieux.

« Tiens, tu es là ! » s'exclame-t-il en apercevant Cécile au bar, prête à passer sa commande.

Elle lui sourit calmement, mais sans les trente-deux blancheurs, lèvres cousues.

« M'accorderiez-vous cette danse ? poursuit Félix, euphorique d'avoir retrouvé un visage amical.

— C'est qui ? » apparaît une tête blonde par-dessus la belle épaule de Cécile.

D'un coup d'œil, Félix devine le « copain ».

« C'est moi ! répond Félix.

— C'est rien…, soupire Cécile.

— Sévère Cécile ! Rien ? Je ne suis donc plus rien pour toi ? Te souviens-tu de notre voyage à Barcelone et de ce réveil romantique devant les Ramblas ?

— Attends, c'est quoi ces conneries ? s'agace le blond.

— Il rigole, c'est bon, c'est une blague, calme !

— Tu fais quoi dans la vie, copain de Cécile ?

— Que… pourquoi cette question ?

— J'essaie de créer un lien social. Pour cela, je commence par poser des questions afin de mieux connaître mon interlocuteur.

— Ouais, bah je suis astronaute !

— D'accord, c'est génial, ironise Félix.

— Non en fait, je suis architecte.

— Super, je vois qu'on est très bon dans le domaine de l'humour…

— Il est barman et graphiste, l'interrompt Cécile, agacée. Voilà.

— Ouais, mais c'est moins classe ! répond son copain.

— C'est toi qui te dévalorises. Assume !

— Je m'en fous des autres !

— Mais si tu veux être classe, c'est pour impressionner les autres non ? demande Félix.

— Bah...

— Bon, en fait, t'es juste lourd.

— Tu veux quoi, toi, bordel ?

— Mon fantôme ! Je veux mon fantôme ! Si pas de fantôme, alors je veux bien revoir le joli sourire de Cécile.

— Allez, casse-toi connard.

— Ça devient malséant jeune homme ! » se moque Félix dans un rictus insolent.

Le blond bondit de rage devant Cécile.

« Je t'ai dit de te casser.

— Calme-toi, tente Cécile en posant son bras sur le torse de son amant, tu as bu, c'est rien, on s'en fout de ce type.

— Ce type ? Oh, tu me réduis à ça ? Dommage, j'aimais l'idée d'un triangle amoureux, je suis bon au jeu du triangle amoureux, comme avec le fantôme, un petit côté théâtre de boulevard, et puis j'ai le rôle du méchant en général, ça permet au véritable couple de se rapprocher, vous verrez ; bientôt, pleine de culpabilité, tu me demanderas de ne plus jamais te contacter, de te laisser libre, libre dans ta prison, et vous jouerez au couple amoureux ! Mais tu ne l'aimes pas, je le sais, sinon pourquoi tout ça ?

— Arrête de raconter de la merde, je t'ai dit de te casser ! » insiste le blond en poussant brutalement Félix en arrière. Ah, enfin ! Le néotrentenaire n'attendait que ça. Les yeux brillant de rage, il attrape la tête du blond et la cogne soudain contre le mur. Puis, il allonge son bras gauche et frappe ensuite sous la ceinture. Un mauvais coup, un peu lâche d'accord.

L'autre recule, grimace, surpris. D'habitude, ce genre de brouilles alcoolisées se traduit uniquement par quelques insultes échangées, à la rigueur une poussette, puis on sépare les agneaux-gladiateurs avant que cela n'aille plus loin. Mais le timing n'a pas été respecté. Pour une fois, Félix a frappé trop tôt. Lâche, fatigué, ras le bol.

« T'es malade toi ! Je vais te fracasser ! hurle le blond.

— Viens, je te termine dehors. Ça ne me… »

Soudain deux bras puissants interrompent Félix. Soulevé comme une plume, il agite inutilement ses jambes dans le vide, petit chiot. Son corps traverse la foule, vole, et se retrouve déposé presque délicatement à l'air libre.

« Terminé pour toi ce soir ! » annonce fermement la voix du colosse. Oh ! Comme un collégien face à un surveillant, il a envie de s'excuser, d'expliquer qu'en fait oui, il a frappé, mais c'est l'autre en premier qui l'a bousculé, lui, il voulait juste des excuses, c'est l'autre qui a été méchant parce qu'il lui a dit « connard » et même qu'après il a dit « casse-toi », en plus il l'a poussé, alors franchement, c'est pas sympa, il avait bien le droit de le secouer un peu, non ?

Mais ça ne servirait à rien. Par fierté, il ne discute pas, simplement il demande :

« Et pour mon blouson ?

— Ticket. »

Il tend piteusement son ticket de vestiaire, qui disparaît dans les mains d'une autre personne.

Félix remarque que le groupe des fumeurs l'observe

avec curiosité et mépris. Il a envie de leur dire d'aller tous se faire foutre, mais il ne le fera pas. À quoi bon ?

On lui tend son blouson, et il remercie poliment, poussière de dignité. Ça tangue un peu, d'accord, il s'en rend compte en remontant la rue pour retrouver son scooter. Ses oreilles sont pleines d'acouphènes qui battent un rythme insaisissable.

Une envie soudaine le surprend, et le voilà qui se met à uriner le long d'un mur. Tant pis. De toute façon, à cette heure-ci, il ne risque pas de croiser grand monde. Comme un enfant, il s'extasie sur la colonne qu'il est en train de créer. Une longue colonne jaunâtre qui descend la pente. À l'époque où il buvait des 8.6 avec les autres, ils faisaient des concours de colonnes. Jamais il ne l'avait emporté. C'est Vlad qui gagnait, avec un pipi d'une longueur ! Trop long d'ailleurs, il n'avait jamais vu ça, dans un coin de la cour Carrée du Louvre à l'époque, ça avait duré une bonne minute, sans blague, même plus, si, si, personne n'avait voulu les croire après coup, mais Félix en était certain, pour être aussi long, ça avait dû durer au moins une minute, oui, et même plus ! Là, c'était un petit pipi au final, rien d'extraordinaire. Mais, tout de même, belle descente.

Le voilà soulagé. Et maintenant ? Quelle heure ? Deux heures trente ? Plus beaucoup de possibilités. Bon, alors rentrer ? Déjà ? Arrivé à hauteur de son scooter, il ouvre le coffre, attrape son casque. Une boule au ventre, et une immense mélancolie le saisit à la gorge. Le fantôme. Rentrer déjà... Il aurait pu téléphoner à Vlad, un de ses meilleurs amis. Mais Vlad vit maintenant dans le Sud. Et Maxime ? Maxime, c'est pire, lui vit à l'étranger. Quant à Idriss, à cette heure-ci, il dort, ça n'est pas un noceur. Finalement, sa seule relation encore debout est John, et il venait de l'épuiser à l'instant.

Non, pas rentrer. Trouver un bar, et aller fêter son anniversaire. Boire quelque chose sans alcool, redescendre. Rester un peu avec lui-même. Il en a des choses à se dire. Ça fait un petit moment qu'il ne s'est pas pris du temps rien que pour lui. De l'intimité, bon sang, avant le retour.

« Un Perrier s'il vous plaît. »

Se réhydrater pour préparer le lendemain. Une manière comme une autre de s'offrir une bonne conscience. Un Perrier, et encore un autre ensuite. Comme ça, demain, il sera en bon état, fatigué peut-être, mais pas de bobo la tête.

« Pff, soupire-t-il soudain. Ça va me servir à quoi d'être en bon état ? » À vingt ans, il n'aurait jamais eu ce souci. Pas besoin de boire de l'eau avant de se coucher, à l'époque il encaissait tellement mieux. C'était hier encore.

Sur son téléphone, dans un excès de mélancolie, il part à la recherche du fantôme sur Internet. Ça lui prend des fois. Il suffit d'un petit moment d'abandon, et le voilà qui tape son nom et son prénom dans la barre de recherche, pour obtenir à chaque fois le même résultat : une photo. Là, le fantôme se matérialise en un visage. Avec un nez, une bouche, des yeux, comme tout le monde. Mais cet ensemble s'harmonise avec une telle grâce ! Oh ! pourquoi es-tu partie ?

Le cliché commence à dater. Devant un bar parisien, avec des amies, sourire gai sur les lèvres. Plusieurs fois, à l'époque déjà, il avait tenté de découvrir où se situait ce bar. Sans succès. Il n'avait pas non plus trop cherché. C'était ça le nœud du problème d'ailleurs. En réalité, il avait toujours reculé sans jamais s'élancer, reportant à « plus tard » la conquête du fantôme. Plus tard, toujours plus tard. D'abord besoin de grandir, de devenir quelque chose, de s'affirmer. Trente ans. « Et qu'est-ce qui t'empêche de faire cette conquête maintenant justement ? », question rhétoralcoolique. Bien entendu, tout l'en empêche. Le fantôme vit loin. Elle a fait sa vie, a trouvé son équilibre. S'il devait débarquer la bouche en cœur et lui dire « Allez viens ! », comment réagirait-elle ? Bah ! il le savait d'avance. En secret, il a déjà fait le voyage une fois. Il y a trois ans. Il lui avait même écrit, expliquant qu'il était dans les parages pour des raisons professionnelles, et qu'il serait heureux d'en profiter pour boire un café avec elle, à l'occasion, si elle pouvait. Sans réponse. Comme il ne savait pas précisément où elle habitait dans la grande ville, il avait marché au hasard des rues, comptant sur le cynisme du destin. Échec. Trébuchant sur ses espoirs, il était retourné en France comme un imbécile. Ces quelques jours seul l'avaient détruit. Pourquoi ne lui avait-elle pas donné de nouvelles ? Comme il ne voulait pas accepter l'idée qu'elle puisse simplement l'ignorer et se moquer de lui, il avait fini par tout mettre sur le dos du social. Par cette idée de social, il accusait en réalité les obligations du quotidien. Après tout, elle ne pouvait pas abandonner sa vie aussi facilement. Le social est trop puissant dans ces cas-là, il l'emporte sur tout ; et tant pis pour les regrets. Prisonnière des cordes du quotidien. C'est puissant un quotidien, c'est rassurant, ça permet de ne pas trop penser, de se dire qu'on a une vie. Peu importe qu'on soit heureux, ça ne compte pas. Lui ne pense pas l'être. Pas sans elle en tout cas. Mais parce qu'il faut bien vivre, il s'est bricolé une routine, avec son rythme, ses codes, ses trajets, répondant à l'appel des « il faut » et des « tu dois » sociaux. On peut vivre ainsi également…

À nouveau, coup d'œil sur la photo. Lumineuse ! Elle lui manque. Le temps des possibles. Je t'écrirai un roman, lui avait-il promis, tu verras. Elle avait souri, n'y croyant absolument pas. On devait lui avoir fait tant de promesses déjà. Bien entendu il n'avait pas rédigé de roman. Il s'était laissé peu à peu noyer sous les études, les sorties, les responsabilités : l'avenir.

« Bah, ça n'aurait rien changé », soupire-t-il.

Une mélancolie pleine d'élégance, et ce besoin de la protéger. À l'époque, il n'avait pas eu les épaules pour. Trop gamin. Elle lui manque. Intelligente, courageuse, fragile. Et son sourire, son cynisme, son regard sur les autres, tout cela lui manque. Chaque année, chaque mois, chaque heure. Les autres ne pouvaient pas comprendre, c'est pour ça qu'il n'en parlait plus. Avant, lorsqu'il s'épanchait encore un peu, on ne voulait pas le croire, on remettait en question ses sentiments, qu'on remplaçait par des névroses, des raisons, des explications. Oui, bien sûr, vous n'avez pas tort, ça n'est pas « sain ». Alors, il en avait fait le deuil social. Retraite silencieuse. Le voilà seul prêtre d'une religion cachée, ne prêchant que pour lui-même, et n'ayant pour bible que son cœur. Surtout, il ne souhaite convertir personne d'autre, tant pis pour eux, ils resteront mortels. En attendant, près de lui, toujours, elle restait là. Dans les cafés, assise en face de lui. Dans les voyages, à ses côtés. Dans les promenades, main dans la main. Toujours.

« Elle est la peau qui me manque sur les os », se dit-il. L'expression lui plaît. Il hoche la tête mi-satisfait, mi-mélancolique. Puis il se traite d'imbécile. L'idée de jouer au poète dans un bar au milieu de la nuit le fait rougir. Lâche ! Il s'agace seul. L'ivresse s'est muée en fatigue. Pathétique fin de soirée.

« Qu'est-ce que tu fous tout seul ici gamin ? l'interrompt un très grand sexagénaire, le visage glabre et l'œil malicieux.

— Je bois un coup, répond Félix, méfiant.

— Tout seul ?

— Bah ! oui, tout seul. Vous aussi, vous l'êtes.

— Pas du tout ! Avec mes amis, on est là-bas ! »

Du doigt, il indique à Félix une table bruyante, au fond du bar, sorte de cour des miracles, joyeuse et désorganisée.

« Alors, tu fais quoi dans la vie ?

— Je ne sais plus.

— Personne ne sait vraiment, gamin.

— Justement, j'aimerais bien être encore un gamin.

— T'en es un.

— Je viens d'avoir trente ans.

— Ouais, t'as la vie devant toi quoi ! Tu sais quel âge j'ai ?

— Non.

— Devine !

— Non, je suis nul à ce jeu. Je vais faire une boulette.

— Essaie ! C'est bon, je m'en fous, si tu savais…

— Cinquante… -cinq ?

— Non ! Quasi dix de plus, grand ! Et tu sais quoi ? J'en ai rien à foutre !

— Vous faites quoi dans la vie ?

— Architecte d'intérieur. Enfin je l'étais. Mais plutôt que de causer ici, tu veux pas rejoindre notre table ? Tu t'amuseras plus !

— Pourquoi êtes-vous venu me chercher ?

— On laisse pas les gamins seuls dans leur coin ici ! Allez, viens ! Et puis on aime bien avoir des nouveaux, surtout des jeunes, ça change ! Moi, c'est M. Chemin ! T'as qu'à me suivre, sans mauvais jeu de mots ! »

M. Chemin marche d'un pas lourd vers le fond de la salle, remplie d'un brouhaha intimidant. Là, un groupe de quinquas, rassemblés autour de verres vides.

« Tout le monde ! Je vous présente…

— Félix.

— Félix ! Alors, Félix, voici Hector. »

Hector soulève légèrement son chapeau de détective américain en guise de salut.

« Ensuite, voici Colombe, la duchesse. »

Une belle femme de cinquante ans environ, avec un col en fourrure, incline poliment la tête dans la direction de Félix, avant de reprendre le fil de sa conversation avec Hector.

« Là, c'est Paulo. Il adore la magie. Inès, l'Espagnole, un moulin à paroles. Là, Hubert, un pianiste très doué, ça fait des années qu'on réclame un piano ici, mais Alfred, le patron, il veut pas… Le taiseux qu'a pas l'air aimable, c'est la Mouche.

— Pourquoi la Mouche ?

— Parce qu'il s'agace vite. Il prend la mouche… ouais, ça vaut ce que ça vaut… »

Puis M. Chemin se tourne vers le barman.

« Dédé ! Tu nous sers ta spécialité ? Qu'on baptise le jeune !

— Vous êtes sûr ? À cette heure-ci !

— Mais oui, allez !

— C'est quoi sa spécialité ?

— Tu verras… »

Félix s'assied près de M. Chemin, ce dernier lui plaque une main sur l'épaule.

« Ça nous fait plaisir d'avoir du jeune avec nous, ça nous change. Mais tu fous quoi ici alors ?

— Je fête quelque chose.

— Tout seul ? T'attends personne ?

— Si, j'attends quelqu'un, mais elle ne viendra pas, il est trop tard maintenant.

— C'est ta copine ?

— J'aurais bien aimé, mais non.

— Allez, tu vas te remettre. Parole de vieillard. Si tu savais, moi, comme j'en ai vu défiler des gonzesses. À chaque fois, je me faisais avoir, elles m'ont trimballé de partout. Une fois, j'ai fait l'aller-retour

Paris-Bruxelles dans la journée pour une rousse. Et à l'époque, l'aller-retour, c'était pas aussi rapide que maintenant. Je pars à cinq heures du matin, j'arrive en fin de matinée, on baise, et le soir elle me dit qu'elle est mariée et veut qu'on en reste là. Me voilà comme un con, de retour à Paris. Ça ne m'a pas empêché d'en rencontrer d'autres, des tas et des tas. Alors tu vois...

— Je vois... »

Un serveur arrive soudain à leur hauteur ; dans ses bras un grand plateau sur lequel sont posés plusieurs shots remplis d'un liquide marron où dansent des flammes.

« Ça se boit ?

— À ton avis ? »

Tous se servent. Puis, d'un coup de paume, M. Chemin coupe le feu et avale cul sec le liquide.

« À toi.

— Je ne suis pas très mélange.

— Décoince-toi ! T'as l'air plus vieux con que moi ! »

Provocation évidente, mais tant pis, Félix se laisse prendre. Bon, allez. Cul sec. L'alcool lui brûle la gorge. Sucré. Baileys. Trop épais à son goût.

« Alors ?

— C'est... spécial !

— C'est pour ça qu'on dit que c'est sa spécialité !

— Et vous faites quoi ici ?

— C'est le bar d'Alfred, on s'y donne rendez-vous tous les premiers vendredis du mois. Notre repaire. On y passe la nuit. Ma petite femme m'attend bien sagement à la maison.

— Et toi mon joli, intervient celle qu'ils surnomment la duchesse, que viens-tu faire ici ?

— Rien de particulier.

— Bas les pattes, la duchesse ! rugit M. Chemin.

— Oh ! le jaloux ! Vous avez vu, il ne supporte pas que je vous prenne la main ! Et pourtant, il est marié ! Les hommes mariés sont toujours jaloux de leur maîtresse. Parce qu'elles sont plus libres !

— Méfie-toi d'elle ! murmure M. Chemin au néotrentenaire.

— Si j'avais encore ton âge, tu m'aurais sauté dessus, poursuit la duchesse avec gourmandise. Ah ! ça, tu m'aurais vue à l'époque. Un claquement de doigts, et ils tombaient. J'aurais pu me marier un millier de fois, au lieu de m'attacher à cet imbécile ! »

D'un mouvement de menton, elle désigne M. Chemin, qui n'a pas entendu ou du moins fait semblant.

« Je recevais des bouquets au bureau. Et dans les clubs, certains se battaient pour moi ! C'est sûr, à l'époque, j'en faisais tourner des têtes. Un gars comme toi, d'un claquement de doigts, je te dis.

— Je n'en doute pas.

— D'ailleurs, je t'aurais pas regardé.

— Je n'en doute pas non plus ! sourit Félix.

— M'en veux pas, mais, à l'époque, il fallait faire beaucoup d'efforts pour m'avoir. Y a un gars qui m'a attendue des années. Il m'écrivait des lettres pleines d'amour, mais je ne lui répondais presque jamais.

— Pourquoi ?

— Parce que ça n'avait aucun intérêt. Il était ferré. Un gentil garçon du reste. Il a eu sa petite gloire à un moment donné. Et puis il a disparu de la circulation. Du jour au lendemain, plus de lettres.

— À votre avis, qu'est-il devenu ?

— Aucune idée. Je suppose qu'il continue de m'attendre... »

Un sourire triste. Elle se lève, lasse, et part se chercher un verre de vin blanc au bar. Félix en profite pour demander poliment à M. Chemin où se trouvent les toilettes, et s'éclipse quelques minutes. Intimité des cabinets. Quel spectacle ! Quelle expérience intéressante ! Il fallait absolument qu'il se rappelle tous ces détails, un jour ça lui servirait à écrire un truc. Oui, il raconterait tout ça au fantôme. Dommage quand même, elle aurait bien aimé cette soirée, c'est certain. On aurait ri. Tu aurais goûté à la spécialité, et grimacé, comme moi. Oui, on aurait bien ri, j'en suis sûr.

De retour à table. La conversation entre les quinquagénaires se poursuit. Paulo raconte sa vie, sa fatigue. Marre de son emploi, il n'attend plus qu'une chose :

« J'ai hâte d'être à la retraite ! Je serai bien, tranquille...

— Des conneries ! éructe soudain M. Chemin.

— Pourquoi ? s'étonne Paulo. Je vais enfin pouvoir faire ce que je veux de mes journées, me lever tard, profiter de la vie...

— Quand t'es à la retraite, tu vas à la décharge ! Voilà, c'est ça la retraite, c'est la décharge ! C'est tout !

— Suffit de savoir s'occuper et...

— Ah ! s'exclame-t-il en tapant du poing sur la

table. Ah ! mais mon vieux, y aura ceux qui portent les poubelles, et ceux qui sont au-dessus de ça ! Nous, on n'est pas au-dessus de ça ! Nous, on porte les poubelles ! On descend nos escaliers de merde pour les foutre dans le vide-ordures !

— Tu délires ! Quel rapport ?

— C'est ça ouais, je délire… la poubelle va tuer l'humanité et tant mieux ! Tri à la con. Exploitation de la paresse humaine ! À quoi ça sert, bordel de merde ?

— Bah ! le tri, c'est bien pour éviter la pollution…, tente timidement Hector.

— C'est ça, t'as raison. Tri à la con, comme si ça servait à quelque chose ! Mais tu crois quoi ? Tu sais ce que je vais faire ! Dès demain, je vais aller décharger ma poubelle en décapotable ! Ça, c'est le luxe ! Décharger la poubelle avec la décapotable, pas besoin de camion-benne, je vais prendre ma petite décapotable, et les gens me regarderont, ils se diront : Qu'est-ce qu'il fait ? Eh bah je décharge ma poubelle en décapotable ! Ça, c'est le luxe !

— N'oublie pas de décapoter pour l'odeur, intervient la duchesse.

— Pourquoi tu dis ça ?

— C'est de l'esprit.

— Putain qu'elle est con ! Tu n'as pas d'intelligence, donc tu ne peux pas faire de l'esprit ! Tu as un beau cul, tu baisais bien avant, mais c'est tout ! Je t'interdis de faire de l'esprit, c'est au-dessus de tes moyens.

— J'en fais si ça me plaît, et je t'emmerde.

— Non mais qu'elle est con ! Imparable de connerie ! Tu fais pas de l'esprit, c'est des tentatives pitoyables !

Tu sais plus rien faire. Ouais, avant, tu baisais bien, voilà, mais maintenant, c'est déjà fini !

— Je t'interdis !

— Je dis ce que je veux ! T'es qui pour m'interdire quelque chose ? Tu veux me donner des leçons ? Je t'ai pas vue draguer notre jeune invité ! Mais de quel droit ! T'es dégoûtante, tu crois qu'il te regarde ? T'es une poubelle, mais tu mérites même pas que je te foute dans ma décapotable, tiens ! Allez ! »

Félix aperçoit alors la duchesse se soulever subitement de rage et hurler : « Écoute, me parle pas comme ça ou je t'en fous une, d'accord ? Moi j'attrape un couteau et je te le plante dans le bide ! » Silence dans le bar. M. Chemin rougit, avant de murmurer un piteux : « C'est ça, ouais… » Puis, les yeux baissés, il quitte sa chaise et se dirige vers le comptoir pour se commander un nouveau verre. Accalmie silencieuse, tintement de verres, murmures. Soudain, le téléphone de Félix vibre.

« Excusez-moi », bégaie-t-il de surprise, avant de s'éloigner de la table.

Sur l'écran, un numéro qui n'est pas enregistré dans ses contacts. D'habitude, il s'efforce de ne jamais répondre aux numéros qu'il ne connaît pas. La crainte d'une mauvaise nouvelle. Mais il a bu, nuit insoluble, donc il répond.

« Allô ?

— Tu ne dors pas ? Je ne sais pas pourquoi, je m'en doutais…

— Qui est-ce ?

— Louise.

— …

— … Tu ne te souviens déjà plus ?

— Si, si, bien sûr ! La pluie, l'idiolecte des héros de romans du XIXe. Comment as-tu eu mon numéro ? demande-t-il en sortant du café, à la recherche de silence et d'intimité.

— Je l'ai demandé à Sylla. On est rentrés ensemble en métro tout à l'heure. D'habitude, je ne fais jamais ça, hein… mais comme je suis partie précipitamment…

— Ah ! Désolé pour ce que j'ai dit tout à l'heure, c'était maladroit. Un peu mufle aussi. C'est que…

— Oui, c'était maladroit. Mais je me suis emportée trop vite. En fait, ça m'a vexée.

— Tu ne dors pas ?

— J'y arrive pas.
— Tu es où ?
— Chez moi.
— Tu veux qu'on aille boire un verre ?
— À cette heure-ci ? Bon… oui, d'accord, si tu veux.
— Je passe te chercher.
— D'accord.
— Tu habites où ?
— Le XIe. Rue des Immeubles-Industriels, au 49.
— Très bien, j'arrive dans une demi-heure. »

Il raccroche, sonné. Léger, léger, sourire aux lèvres, soudain, il domine le monde. Louise ! Il ne reviendra pas dans le bar saluer les autres. Pas d'adieux, tant pis, mieux à faire, il doit y aller, pas une minute à perdre, en route !

Un coup de starter, casque vissé sur la tête et le voilà qui s'engage sur le boulevard, en direction des quais.

Avenue René-Coty. Boulevard Auguste-Blanqui. Oh ! Elle avait appelé. Mignonne ! La soirée n'était pas terminée, il allait pouvoir se rattraper, jolie Louise, courageuse même de le rappeler ! Un instant il regrette de ne pas avoir vécu cette histoire avant, avec le fantôme, mais à l'époque, il n'aurait pas su gérer ses émotions. Il se sentait bien plus fort maintenant. Mais elle n'a pas vingt-cinq ans ! lui rappelle sa conscience. Et alors ? C'est un écart de rien du tout. Fausse excuse. Là n'est pas le mal, et tu le sais. Oui, oui, il le sait très bien, mais oublions pour ce soir ! Ce soir, il a trente ans, ce soir, il va voir Louise, le reste, on s'en inquiétera plus tard…

Dans ses oreilles, la *Neuvième Symphonie*. Il n'a aucune culture en ce qui concerne la musique classique, mais il aime bien écouter celle-ci lorsqu'il se sent ivre, le rythme, le drame, le suspense, comme ce soir ! Vite, vite ! Il n'y a personne dans la nuit noire à ce carrefour de la place d'Italie. Nuit noire, un peu froide. Quand soudain ! Des gyrophares bleus devant lui. Non ! Et un agent qui lui fait signe de s'arrêter sur le côté. Non, non, non ! Pas maintenant ! Pas ce soir ! Ça ne lui était jamais arrivé, non, Louise l'attend ! Pas ça ! Fichu…

« Bonjour monsieur, coupez le moteur, papiers du véhicule s'il vous plaît. Et vos papiers aussi.

— J'ai fait une bêtise ?

— À première vue aucune, mais vous sentez fort l'alcool, monsieur… Vous avez bu ?

— Oui.

— Et vous croyez être en état de conduire ?

— Je pense…

— Combien de verres ?

— Deux ou trois. »

Le désespoir du mensonge. Louise l'attend ! Pas de cellule de dégrisement, s'il vous plaît, pas ce soir, non, alors que tout s'illuminait enfin !

« Vous sentez fort l'alcool, monsieur, vous êtes sûrement au-dessus du seuil, on va vous faire souffler…

— Ça va me faire du bien ! sourit-il.

— Pardon ?

— Ça va me faire du bien de souffler. *Souffler*, dans le sens *prendre du recul*.

— Mmm. »

Échec. La petite blague aurait dû servir à détendre l'atmosphère, elle a simplement fait passer Félix pour un imbécile.

L'officier s'éloigne du probable contrevenant, dit un mot à son collègue, plonge la main dans le coffre de sa voiture, puis revient avec un alcootest.

« Vous savez comment ça fonctionne ?

— Bah ! Je suppose qu'il faut souffler. Au fait, je risque quoi ? Vu que je n'ai pas le permis et que mon véhicule est un 50 cm^3 ?

— Saisie du véhicule, amende et cellule de dégrisement pour la soirée.

— Ah ! »

Et il souffle. Il souffle de tout son cœur, souffle, souffle, encore ! Sans blague, ça fait du bien !

« C'est bon, monsieur…, l'interrompt le policier. Alors… Ah oui, tout de même, 3,5 g !

— Combien ? demande alors le collègue qui renifle l'infraction.

— Trois grammes cinq !

— Ah ! Bah ! je crois que pour monsieur la soirée est terminée.

— Non, non ! Non !

— Ce n'est pas vous qui décidez, vous êtes en infraction. Déjà, vous allez laisser ici votre véhicule, et… Monsieur ! »

Trop tard. Félix vient de s'échapper en courant dans une petite rue perpendiculaire. Tant pis ! Cours, cours ! « Monsieur, oh ! Monsieur ! » C'est ça, comme s'il allait s'arrêter et revenir sur ses pas ! De toute façon, ils ne le poursuivront pas, c'est inutile, ils ont son scooter et ses papiers, ils le retrouveront très facilement demain. S'en fiche. On s'en moque de demain, on verra, la soirée n'est pas encore finie, il lui reste encore du temps, encore des surprises. Demain, c'est loin ! Comment ça s'appelle ce qu'il vient de faire ? Un refus d'obtempérer ? Le voilà qui rit tout seul. Un refus d'obtempérer ! « Je suis un bandit ! s'esclaffe-t-il.

C'est moi, Félix le bandit ! » Il continue de rigoler tout seul en se disant qu'il avait fui comme un lâche, mais que c'était très courageux de sa part ! Faudrait raconter ça à Louise. Ah ! vraiment, il commence à aimer cette soirée. « Dommage que le fantôme ne soit pas là, on aurait bien rigolé. » Rue Godefroy, puis rue Fagon, avant d'atterrir boulevard de l'Hôpital. Le néotrentenaire commence déjà à s'essouffler. Le manque de sport se fait sentir. Avant, il pratiquait régulièrement tous types de sports, on l'appelait double poumon grâce à son endurance. « Maintenant, ce serait plutôt demi-poumon vu mon état… », halète-t-il, un peu honteux.

Une petite lumière verte au loin. Il lève la main, le taxi s'arrête devant lui. Va, cours, vole !

L'odeur du cuir. Et le vrombissement discret du moteur. Sur un air radiophonique de jazz. Félix repose son crâne contre l'appui-tête et fouille dans sa poche à la recherche d'un chewing-gum. Il retrouve un vieux paquet, et gobe la *gum* mentholée qu'il brise entre ses maxillaires.

« Vous voulez un chewing-gum ?

— Non merci ! C'est gentil, monsieur ! »

Félix a envie de parler. Une espèce de trop-plein de bonheur qu'il doit vider par la parole.

« Vous avez commencé tôt ?

— À dix-neuf heures.

— Fatigué ?

— Non, j'ai l'habitude, ça fait quinze ans. »

La ville défile.

« Ah merde, il est bourré…

— Qui ça ?

— Le type devant moi, regardez… il conduit pas droit. Quel idiot ! Les flics sont partout le vendredi soir, il va se faire pincer, ça va être réglé, bien fait pour lui. »

Rictus de Félix. Puis regard à travers la vitre.

« Vous faites la fête ce soir, hein ? demande le chauffeur après un coup d'œil dans son rétroviseur.

— Pas tant que ça. Disons que je cherche !

— Vous cherchez quoi ?

— Un fantôme ! sourit Félix.

— Pardon ?

— Je ne sais pas exactement... »

Pourquoi mentir ? Bien sûr qu'il le sait. Ça avait commencé il y a de ça des années. Lorsque le fantôme s'était enfui, il avait couru après durant des nuits. Dans les rues, dans les bars, les boîtes de nuit, partout. Il la cherchait. Une blondeur, un regard, et aussitôt, son cœur bondissait. Mais non, pas elle. Alors il buvait, chevauchées à travers Paris, les ponts, la nuit, les lumières. Il l'espérait, sachant pertinemment qu'elle n'était pas là. Dans chacun de ses verres, il la rêvait. Il a passé presque un an dans une demi-folie nocturne. Oui, à l'époque, il sortait beaucoup. Pourtant, elle ne vivait plus à Paris, enfuie loin, il le savait. Mais ça ne l'empêchait pas de continuer sa quête. Et dans d'autres bras, sur d'autres lèvres, il s'oubliait. De temps en temps, une bagarre, un coup, deux coups, expulsion de sa rage. Pardon, je cogne parce que le fantôme est loin.

À cette époque, les nuits étaient douloureuses. Malgré les couettes, le chauffage, le corps des autres, il avait froid. Oui, ça pouvait paraître idiot, mais il avait froid d'elle. Comme un chat qui miaule la nuit sur les toits de Paris, il murmurait son prénom, prière secrète. Évidemment, inutile, n'est-ce pas ? Juste bon à être un peu triste les soirs trop pleins d'alcool. Et de ne plus croire aux sourires des autres. Elles sont jolies pourtant ! Vraiment ! Mais dans les regards de ces ombres, il veut retrouver son fantôme.

Puis les années ont défilé, les unes après les autres. Il a continué à la chercher. Toujours dans son horizon, impossible de l'effacer. Attendant le bon moment. Il lui a écrit des lettres et des lettres, des centaines de pages qu'il ne lui a jamais envoyées. Pas osé. Un peu par pudeur, par timidité, mais aussi pour la laisser tranquille. Après tout, de son côté, elle ne l'attend pas. Elle a une vie, le fameux « équilibre ». On lui a dit qu'elle avait besoin de cet équilibre, qu'elle était enfin heureuse, notamment grâce à Lui. Lui, l'autre, le chanceux, celui qui peut la prendre dans ses bras, qui s'occupe d'elle, qui l'aime, probablement. Lui, avec qui elle a construit son monde. Ce Lui parfait, il en avait un peu entendu parler à travers les récits impudiques des autres, oui, Lui gentil, Lui aimable, Lui aimant, Lui gnagnagna. Et avec ce Lui, c'est tout un pan de vie sociale qu'elle s'était créé, on y revenait. Les autres s'accordent d'ailleurs depuis longtemps avec cette idée : « Tu sais, elle a toujours été une fille fragile, quand on perd ses parents très jeune, c'est important de se recréer un foyer, une cellule familiale. » Ils en parlent comme des médecins conversent au sujet d'une patiente ; ça agace Félix. Ce petit ton condescendant, protecteur, alors qu'au fond ils s'en fichent ! Mais ça leur donne bonne conscience, ils se sentent bons, raisonnables, vertueux. Fragile ? Arrêtez votre cirque. À sa manière, elle est bien plus forte que vous ! Oui, d'accord, un peu vulnérable, c'est vrai, et après ? Dans ce cas, il prendra soin d'elle. Il en a la force maintenant, la carapace est solide, la peau robuste comme du cuir tanné ; les problèmes ne l'effraient plus, il les piétinera tous !

Mais le temps, rouleau compresseur. À force d'entendre les autres répéter qu'elle avait « fait sa vie », par induction, l'esprit de Félix a débordé de culpabilité. D'accord, je ne bougerai pas, je te laisse tranquille. Il ne voulait pas impliquer un désordre dans la vie du fantôme. Et puis, de toute façon, le mur qu'elle avait bâti autour d'elle semblait solide, elle n'oserait pas le briser. Tant pis, je le ferai pour elle ! se promettait Félix, dans ses élans alcoolisés. Et dans ce cas, elle t'en voudra, lui répondait chaque fois sa raison, lucide. D'accord, d'accord.

Mais tu me manques mon amour…

« C'est à quel numéro ? s'enquiert le chauffeur.

— 49.

— On est arrivés. »

Il lui rédige un message.

Je suis en bas.

Puis il se place à quelques pas de la porte cochère. Il veut avoir le temps de la voir avant qu'elle le surprenne. Dans un silence bourgeois, le voilà qui déguste l'attente. Pas bien de ne pas avoir dit au revoir à M. Chemin, à la duchesse et aux autres. Bah, de toute façon, ils l'avaient déjà oublié. Ils tenaient rudement bien l'alcool ceux-là. Il aurait été curieux d'en apprendre un peu plus sur l'explosive relation entre M. Chemin et la duchesse.

Deux minutes plus loin, petit tintement électronique de porte cochère, et elle apparaît. Félix ne se souvenait pas qu'elle était aussi jolie. Elle l'aperçoit, un peu plus haut dans la rue, adossé à une voiture quelconque dans une position qu'il essaie de rendre nonchalante, un large sourire sur les lèvres. Pourquoi le revoir cette nuit même ? Elle avait bien aimé la pluie, le rire, la profusion verbale parfois. Alors, du fond de son lit, dans son insomnie, elle a eu envie de l'appeler. Et tant pis pour le raisonnable…

Ils se saluent de la main, comme deux gosses qui s'aperçoivent de loin dans une cour de récré. Il dénoue ses bras et marche calmement à sa rencontre.

« Désolé, je sens le chien mouillé, j'ai été piégé par une jolie fille tout à l'heure.

— Perverse ! Pourquoi a-t-elle fait ça ?

— Aucune idée… son côté imprévisible. Un peu d'alcool aussi sûrement…

— Elle te plaisait ?

— Je crois bien… Tu me suis ?

— D'accord. »

Et les voilà qui marchent dans la nuit. Absorbés par une étrange conversation, comme s'ils ne s'étaient pas revus depuis des années.

« Je t'ai tout de suite trouvée très jolie.

— C'est gentil.

— Tu es toujours aussi jolie.

— Merci.

— Pourquoi m'as-tu parlé ?

— Je ne sais pas. Je t'ai trouvé amusant. Tu avais les yeux qui pétillaient.

— Et maintenant ?

— Laisse-moi voir ? »

Elle plonge son regard dans le sien. Une enfant, se répète-t-il. Un sourire.

« On marche un peu ? »

Et les langues se délient. Pas après pas. Il lui demande si elle se sent bien, elle rit de la question, mais lui répond que oui, en soi, elle n'a pas à se plaindre. Le plus compliqué à gérer en ce moment, ce sont ses parents qui doutent d'elle, et ça la fatigue. Ils pensent qu'elle n'est pas capable de devenir ce qu'elle ambitionne d'être. Ils ne comprennent pas le principe d'une thèse, ils auraient préféré quelque chose de plus concret. Eux sont sortis d'une école de commerce et ont commencé à travailler tôt, ils ont beaucoup d'argent, alors pour eux, elle perd son temps avec cette thèse, ça ne lui rapportera rien au final, à part un poste de fonctionnaire, bon d'accord, au moins, il y a la sécurité de l'emploi, mais pour quel salaire ! « Et je dois me battre contre ça à chaque repas d'anniversaire ou de Noël. Épuisant ! » conclut-elle.

Ils sont montés dans un taxi. Direction Saint-Germain. Un instant, il hésite. Il pourrait très bien la conduire au Tanamon, au Zinezine ou ailleurs encore, mais il ne souhaite pas se retrouver avec elle dans ses lieux habituels de sortie. Aucune envie de croiser des visages connus, de faire le mondain ou de mentir. Et puis trop de bruit. Besoin d'intimité. Alors tant pis, ils dégotteront bien un bar plus discret, au hasard des rues dans le quartier.

Déposés près de la paroisse de Saint-Germain-des-Prés, ils reprennent le fil de la conversation tout en marchant.

« Tu ne t'entends pas avec eux ?

— Oh ! si, ils sont adorables avec moi. Ils s'inquiètent pour mon avenir, c'est tout. Je reste leur petite fille.

— Ça ne me regarde pas, mais… tu embrasses souvent des garçons comme ça devant des bars ?

— Non… oui… je fais souvent des bêtises, je ne sais pas pourquoi… j'ai l'alcool bisou. Enfin, toi, c'est pas une bêtise.

— Tu me mets dans quelle catégorie alors ?

— Je ne sais pas… pourquoi m'as-tu dit : Je ne sais pas si c'est bien, tout à l'heure ?

— Parce que j'ai eu un haut-le-cœur de moral. De panique. De lâcheté aussi. Et puis, il y avait les autres, les gens autour, je n'aime pas leurs regards.

— Moi non plus. »

Un bar qui va bientôt fermer, rue Mazarine.

« Un dernier verre, on fait vite, dès que vous voulez qu'on parte, on part ! » promet Félix, accompagné d'un sourire angélique de Louise.

D'un hochement de tête, le patron accepte. Il ne le dira pas, mais ça lui rappelle sa jeunesse, quand lui aussi allait dans des bars payer des coups à des filles, comme cette Suédoise avec qui il avait passé deux mois complètement fous à Paris.

« Je vous sers quoi ? »

Un kir pour elle, une eau gazeuse pour lui.

Ils ne cessent de discuter. Elle lui raconte ce qu'elle est. Sa vie. Ses journées, à quelle heure elle se lève, quelles bibliothèques elle fréquente, dans quels coins elle aime traîner. Il lui demande quels sont ses auteurs préférés, elle lui en cite plusieurs. Bien sûr, des classiques, du XIXe et du XVIIIe, sinon elle n'aurait pas fait sa thèse dessus, elle aime aussi les écrivains étrangers et même certains contemporains. Un Russe qu'elle a lu récemment, pas connu… Elle apprécie beaucoup Emily Brontë, le parcours, tu te rends compte, *Les Hauts de Hurlevent*, et la famille entière, des femmes fortes, tu as lu *Les Hauts de Hurlevent* ? Non, Félix ne l'a pas lu et le regrette, il aurait aimé en parler avec elle.

Si elle n'avait pas fait de thèse, elle aurait peut-être été actrice. Un peu de théâtre, elle avait suivi le cours ****, mais s'en était lassée rapidement. « Ambiance étrange, ils sont bizarres là-bas, ça brasse beaucoup de vent, lui confie-t-elle. Si j'ai un conseil à te donner, ne sors jamais avec une comédienne !

— Et pourquoi ça ?

— Parce que c'est ingérable. Trop de hauts et de bas. Trop tout.

— Tu ne voulais pas l'être ?

— Si. Peut-être qu'à ma manière je suis trop tout… mais bon, je m'en suis échappée. Non, vraiment, crois-moi, évite les comédiennes.

— Ah ! On ne t'a donc pas dit ? Personne ne t'a prévenue ?

— De quoi ?

— Je suis libre de faire ce que je veux ! Je sors avec qui je veux, quand je veux !

— Ah oui ! Tu es comme ça toi ?

— Pire encore ! Si tu savais. Je suis lâche, mais heureusement, je l'assume. Il ne faut rien attendre de moi.

— Qui te dit que j'attends quelque chose de toi ?

— Une intuition.

— T'es énervant tu sais ?

— Je sais, répond-il d'un air amusé.

— Désolé, mais..., les interrompt gentiment le patron, l'air un peu gêné.

— Oui, on y va.

— On marche ? Ça te va ? »

Sa thèse. Elle avait hésité avant de la commencer. À cause de ses parents, mais surtout parce qu'elle avait envie de voyager. « Partir loin, oui, je sais, c'est un peu cliché, mais j'aurais bien pris mon sac à dos pour faire un petit tour du monde ; je me sens mieux à l'étranger.

— Où aurais-tu voulu aller ?

— Partout. Aux États-Unis d'abord. New York, on m'a toujours dit que c'était génial. Tu es déjà allé à New York ?

— Oui, une fois. C'est vrai que c'est incroyable. J'aimerais bien y vivre un jour.

— À ce point ? Tu me donnes encore plus envie. Oui, New York alors. Et puis, traversée des États-Unis, descendre vers l'Amérique du Sud, l'Argentine m'attire beaucoup, pourtant je ne connais pas grand-chose de là-bas, ensuite l'Asie, l'Afrique et l'Europe pour terminer, oh ! et puis la Russie, ça doit être tellement beau et froid l'hiver là-bas ! »

Félix vérifie qu'il a bien son passeport dans sa poche. Et si... et s'il lui proposait de partir, là, maintenant. Partir loin, oui, New York, on pouvait prendre des billets facilement, grâce à Internet, pas compliqué, il devait y avoir des départs réguliers, oui, sur un coup de tête, un coup de folie, prendre deux billets et partir ensemble quelques jours, pas longtemps, mais quelques jours, là-bas ils se baladeraient dans les rues aux horizons infinis, donneraient des cacahuètes à des écureuils plus dociles que des chiens, visiteraient des gratte-ciel, s'épuiseraient dans des boîtes pleines de jazz. Il hésite, puis abandonne avant même de le lui proposer. Ce qui le fait renoncer c'est la certitude du refus. Un refus qui ressemblerait à une pierre jetée à pleine vitesse sur le verre de leur rencontre ; tout volerait alors en éclats. Donc pas de New York ce soir. Une autre fois peut-être, songe-t-il sans y croire.

« Et toi ? Tu ne parles pas beaucoup.

— Si, je suis très bavard, mais avec moi-même.

— Tu aimes voyager ?

— Oui, mais… trouille de l'avion. Irraisonnable, irraisonnée, tout ce que tu veux, rien de logique, mais la trouille.

— Tu n'aimes pas rester enfermé, t'es claustro ?

— Non, j'ai peur de m'écraser. Je n'imagine que des choses affreuses.

— Ça doit être sympa tes voyages !

— Je m'accroche comme un imbécile aux accoudoirs, en espérant que ça me sauvera la vie. Et j'attends. Parfois je prie.

— Tu es croyant ?

— Non, mais depuis quand faut-il être croyant pour prier ? Tu es croyante toi ?

— Bof… »

Le jeune homme la scrute avec curiosité. Quelle étrange créature. On dirait son fantôme. Elle l'incarne à merveille, Félix se sent crever d'amour soudain. Profitons de cette nuit.

« Tu sais que je suis un bandit ?

— Comment ça ?

— Ouaip ! Un bandit ! J'ai fui la police, je suis recherché !

— N'importe quoi...

— Pas tant que ça ! Ça te fait quoi de te balader avec un bandit ?

— Ça ne change pas grand-chose... »

Il fait froid, elle est belle, Paris est vide, Félix est vide. L'imbécile a parfaitement conscience que tout ça n'est qu'une parenthèse qui s'évanouira dès que le jour reviendra. Ils marchent, parlent, il a très envie de l'embrasser mille fois, non, il se l'interdit, il ne veut pas tomber, ne veut plus succomber, sa raison pour une fois l'emporte sur tout. Il se sent fort. Elle l'amuse.

« Besoin de faire pipi ! lance-t-elle soudain.

— D'accord, on va trouver ça. »

Lumière verte, Félix lève la main, taxi !

« Hôtel ***. »

Dans le taxi, comme une règle tacite, silence. Un peu de repos. Il l'observe à la dérobée, tente de sculpter son visage dans sa mémoire. De temps en temps, ils échangent un sourire lumineux. Il aimerait que le trajet dure, traverser d'autres lumières encore, la Concorde, Paris encore, encore, reste la nuit !

Les voilà devant un luxueux hôtel sous les arcades de la rue de Rivoli. Félix jette un coup d'œil à travers les portes en verre, closes à double tour ; aussitôt apparaît un concierge dans son beau costume prestigieux.

« Vous désirez quelque chose, Monsieur ?
— Le bar est fermé, je suppose ?
— Ça oui.
— Il vous reste une chambre de disponible ?
— Je ne sais pas, il est tard, je vais vérifier, attendez. »

À travers la porte vitrée, Félix suit des yeux le concierge qui se rend derrière son bureau et passe un coup de téléphone.

« Il fait quoi ? demande Louise.
— Il fait semblant d'appeler pour venir nous dire ensuite qu'il n'y a plus de chambres disponibles.
— Pourquoi il ferait ça ?
— Parce qu'il imagine une sombre histoire d'*escort girl* au milieu de la nuit. Que nous voulons une chambre pour nous rouler dans la luxure, que nous allons faire du bruit, que nous ne savons pas nous tenir et que nous allons déranger les autres clients. La réputation de l'hôtel compte. »

Elle rit et le taquine : « En même temps, c'est plausible !
— Oh ! ça a dû leur arriver.
— Tu veux vraiment prendre une chambre ? demande-t-elle plus sérieusement.
— T'en fais pas, je dormirai sur le canapé.
— Je ne m'en fais pas. »

Le concierge est de retour, la mine grave, comme un médecin qui va annoncer une mauvaise nouvelle.

« Désolé, Monsieur, nous n'avons plus de chambre. »

Profitant du refus pour obtenir une faveur, Félix embraie.

« Dans ce cas, pourrions-nous accéder à vos toilettes s'il vous plaît ?

— Bien sûr, c'est au fond de la galerie, au bout du couloir.

— Je sais », sourit Félix.

Ils pénètrent dans l'immense hall doré.

« C'est magnifique, s'extasie-t-elle devant ce luxe de lustres.

— Oui… et je pense que les toilettes nous réservent de belles surprises. À tout de suite. »

Chacun de son côté. Seul à seul devant un immense miroir. Une odeur de musc flotte dans l'air. De la musique classique. Une propreté impeccable.

Qu'est-ce que je suis en train de faire ? demande-t-il à son reflet.

On s'en fout, lui répond ce dernier. Amuse-toi.

Ouais… après tout, je suis Félix le bandit !

Ses mains soigneusement lavées, Félix sort pour attendre sa belle dans le couloir. Celle-ci apparaît quelques secondes plus tard, amusée.

« Tu proposes quoi maintenant ?

— Rien.

— Ça me va ! »

Et la nuit, la Seine, les quais, leurs pas.

« Tu as déjà été amoureux ? » demande-t-elle, avec une voix d'enfant.

Aussitôt, le fantôme. Son sourire, ses faiblesses. Celle qui hurle et qui le hante. Mais il ne peut pas le raconter. Ça ne se raconte plus ce genre d'histoire. À la place, il hausse les épaules.

« Pour quoi faire ?

— Tu plaisantes ?

— Non. Ça ne sert pas à grand-chose, ment-il, curieux de découvrir sa réaction.

— Tu la joues cœur froid ? Ça ne te va pas. Je te ferai tomber amoureux de moi. »

Il éclate de rire.

« Tu me parais bien sûre de toi !

— Je le suis ! Pas ma faute s'ils succombent...

— Ne t'enflamme pas non plus. Je ne suis pas en mousse.

— Pourtant, tu es venu.

— Tu m'as appelé.

— Tu es venu.

— Si tu veux jouer au plus fort, je l'emporterai. J'ai un atout dans ma manche, un atout immense qui l'emporte sur tout.

— Lequel ?

— Un fantôme.

— Mais encore ?

— Je ne peux rien te dire. Sinon, ce n'est plus un atout.

— Tu es bizarre.

— Normal, je suis un bandit ! »

Elle rit. Quelques pas et elle s'accoude à un pont, le regarde fixement avec malice. Il devine. Il ne fera rien. La trouille. La trouille de ce que tout cela peut provoquer. Un esprit malsain dans un corps faible. Le passé cogne contre son cœur. Silence. Dans la rue, la lumière verte d'un taxi pointe dans leur direction.

« Tu as faim ? Tu veux manger un morceau ? rompt-il soudain.

— Oui ! Pourquoi pas ? »

Une poignée de secondes plus tard, dans le taxi. « Châtelet, vers le coin avec les restaurants ouverts toute la nuit, vous savez où c'est ?

— Oui, monsieur. »

Un taxi, encore. La nuit. Et Louise. Félix devine que le lendemain sera difficile pour lui, il se connaît, elle va lui manquer. Comme un boxeur qui encaisse les coups sans broncher sur l'instant, mais qui sera perclus de douleurs quelques heures après son combat. Pas de repas pour lui. Il ne parvient pas à avaler quoi que ce soit, commande juste un verre de vin blanc dans lequel il trempera le bout des lèvres. Les bras croisés, il l'observe. Elle lui demande pourquoi il est autant sur la défensive. Sur la défensive ? Il ne s'en rendait pas compte… Il ne lui avoue pas que c'est à cause du passé, du fantôme, des trente ans et d'elle. Ne pas se plaindre, elle fuira, pas de faiblesse, juste de la force, encore et encore.

« Tu as l'air fatigué.

— Je te raccompagne ?

— Tu veux dormir chez moi ? demande-t-elle très simplement.

— Je ne sais pas… si…

— Arrête de te prendre la tête. Viens. »

Un silence en guise d'acquiescement. Dans sa tête, la fatigue le fait fondre. Oui, d'accord, allons chez elle.

« Tu vis seule ?

— À ton avis ? Si je te propose de venir ? »

Il sourit de sa bêtise.

« Elle est étrange cette nuit, non ?

— Un peu…

— C'est quoi ton principal défaut ?

— J'en ai plusieurs. D'abord, je suis bordélique.

— Moi, au contraire, je suis maniaque, j'aime quand tout est nickel.

— Ça risque d'être compliqué entre nous.

— Tu feras un effort et moi aussi.

— D'accord.

— Tu as d'autres défauts ?

— Oui, bien sûr ! Râleur. Je râle pour tout, pour rien. Et toi ?

— Non. Moi je laisse glisser. Si quelque chose ne me plaît pas, je m'en vais, c'est tout.

— Radical.

— Oui, mais ça évite tous les bla-bla inutiles.

— C'est quoi ton moment préféré de la journée ?

— Le soir, un petit verre de vin blanc avec des olives pour décompresser. Je m'écroule devant la télé à regarder une connerie, ou alors je vois du monde. Et toi ?

— Métro, boulot, dodo, rien d'exaltant.

— Tu bosses demain ?

— Demain, on est samedi…

— Tu vois, toi, tu as cette chance. Moi, même les week-ends, je vais à la bibliothèque. Bon, pas demain, je crois que je vais avoir besoin de dormir.

— Rythme soutenu alors !

— C'est épuisant ! Ça me fait du bien de décompresser.

— Moi aussi.

— J'ai faim. Je mangerais bien un bol de céréales. Tu n'as pas envie de céréales ?

— Tu me prends pour un cheval ou quoi ? »

Elle lui lance un hilare : « C'est nul ! » Félix hausse les épaules, lui demande si elle est une juge de l'humour, réclame alors un avocat pour se défendre, il se sent prêt à plaidoyer son cas durant des heures, attention. Soudain, une intuition aiguë pique son esprit.

« On ne se reverra pas après cette soirée, n'est-ce pas ? dit-il.

— Pourquoi dis-tu ça ? s'insurge-t-elle, exprimant une tristesse inattendue.

— On ne se reverra plus avant un bon moment, puis le hasard, tout à coup, nous mettra de nouveau face à face.

— Et pourquoi ne se reverrait-on pas très vite ? »

Son intuition n'en démord pas. Ça lui fait de la peine d'ailleurs, mais, en effet, ils ne se reverront plus, il en est persuadé. Il ne s'agit pas d'un excès de pessimisme, pas du tout. Plutôt le résultat de plusieurs années de réflexions et de lectures. L'expérience aussi. Le fantôme. De la même manière, elle avait disparu, et plus jamais de nouvelles. Pourtant, il lui avait tout avoué une nuit, après une soirée un peu arrosée. Dans la rue, il lui avait couru après, il l'avait rattrapée : « Je t'adore. » Elle était restée silencieuse, pas étonnée, un peu flattée. Il avait poursuivi, débit mitraillette, des mots encore et encore, des explications maladroites. Il savait très bien qu'elle était avec un autre, il n'espérait rien, mais il avait ressenti le besoin de tout lui dire, désolé de t'embêter comme ça, au moins je te raccompagne chez toi, et puis après, je te fiche la paix. Effectivement, il lui avait fichu la paix. Le lendemain avait été plus douloureux à la fac, il n'osait plus la regarder sans rougir. Même, elle avait semblé un peu gênée. Les partiels avaient débuté deux semaines plus tard, puis, il y avait eu les vacances, et ensuite plus jamais il ne l'avait revue. Partie ailleurs, poursuivre ses études à l'étranger. C'était il y a dix ans. Alors quand son intuition lui chuchote qu'il ne reverra plus Louise, il lui fait confiance.

À nouveau, la jolie blonde le questionne.

« Hein, et pourquoi ne se reverrait-on pas très vite ?

— L'intuition. Mais ce n'est pas un reproche, si tu veux qu'on se revoie...

— Tu en as envie ?

— À ton avis ?

— Je ne sais pas.

— Maligne ! »

Elle lui sourit. Félix réprime un bâillement inattendu.

« Tu as l'air fatigué. Moi aussi d'ailleurs. On va chez moi ? propose-t-elle.

— Je ne sais pas si c'est une bonne idée…

— Pourquoi ça ?

— Parce qu'il est tard, tu es fatiguée et… enfin…

— Écoute, viens chez moi, tu pourras dormir tranquillement. »

Pourquoi refuser ? hurle la conscience de Félix. Imbécile ! Accepte !

« Alors d'accord. »

Un nouveau taxi. La nuit toujours, mais bientôt l'aurore. Dans le taxi, encore le silence. Leurs mains simplement se nouent. Petite main.

Silence. Et lorsque à travers le grand miroir de l'ascenseur leurs regards se croisent, elle lui fait le plus joli des sourires. Elle paraît heureuse, du moins, il s'en convainc.

« Au fait, faut pas faire trop de bruit.

— Pourquoi ?

— Je ne suis pas tout à fait seule. En coloc.

— Ah ? »

Félix se sent soudain intimidé. Elle ouvre la porte doucement. Elle lui indique du doigt un couloir.

« Suis-moi. » Comme deux ados qui se cachent de leurs parents autoritaires, ils passent sur la pointe des pieds à travers le salon.

« Deuxième porte à droite. Je te rejoins », chuchote-t-elle.

Suivant ses indications, il entre dans une petite chambre dont il n'allume pas la lumière, par un excès de prudence qu'il ne parvient pas à s'expliquer. Il découvre une autre porte donnant sur une salle de bains. Se laver les mains, bonne idée. Il aperçoit alors un tube de dentifrice et décide de se brosser les dents à l'aide de son index. Que fait-elle ? Il s'assied sur le lit et attend, guettant le moindre bruit. Comme un chat, sa vue s'habitue à la pénombre et explore ce territoire inconnu. Des livres un peu partout, sur la table de nuit et le bureau surtout, empilés. Une grande bibliothèque aussi, des livres encore, il se lève pour consulter les titres. Des romans, beaucoup de romans, Balzac, Stendhal, des auteurs russes, des polars. Il a lu la plupart d'entre eux, il se sent en sécurité dans cette chambre. Le reste est plutôt vide, seul un tableau trône au-dessus du lit, une toile moderne représentant… représentant… Félix ne sait pas. Une forme en Y coupée par une barre noire horizontale. Curieux. Soudain, un grincement de plancher, elle apparaît. Aussitôt, elle allume la lampe de la table de nuit.

« Tu as le droit d'enlever ton blouson ! »

Ah ! oui, tiens, il n'avait pas retiré son blouson. Pendant qu'elle fait un tour dans la salle de bains, il le dépose sur une chaise. Voilà. Et maintenant ? Pour se donner un peu de contenance, il farfouille dans les bouquins. Il attrape *Les Clowns lyriques*, feuillette le début, il en garde un souvenir très mélancolique, le personnage du mari surtout, ce faible et lâche amoureux de mari, il s'y était identifié presque malgré lui. Lecture au hasard, fin de chapitre.

« Vous n'avez jamais rencontré une autre femme ?
— Jamais, dit-il. On ne vit qu'une fois. »

Assis sur le bord du lit. Elle commence à se déshabiller. Comme un enfant, il rougit, se tourne et attend qu'elle se glisse sous la couette.

« Tu viens ? » chuchote-t-elle.

À son tour maintenant. Il essaie de prendre un air inspiré, mais il est maladroit, elle le regarde, ça lui rappelle sa première fois, oui vraiment, quelle maladresse ! D'un air qui se veut nonchalant il la rejoint sous la couette. Deux adolescents. Ils papotent ; les voilà qui parlent littérature, puis musique, des goûts communs, d'autres moins, ils essaient de se convaincre, des mots, encore et encore.

Au fond de lui, Félix sent qu'il va céder. Tout son être, toutes ses émotions le supplient de céder. Mais dans le regard de Louise, une langueur lui fait comprendre autre chose.

« Tu as quelqu'un dans ta vie ? lui demande-t-il brutalement.

— Oui. »

Il le savait. En fait, depuis le début, il l'avait deviné. C'est pour cela que son intuition lui avait confié qu'ils ne se reverraient plus.

« Tu es amoureuse ?

— J'ai besoin de lui.

— Je ne te demande pas si tu dépends de lui, mais si tu as de l'affection pour lui...

— C'est compliqué...

— Alors... »

Mais Félix ne termine pas sa phrase. Pas de « pourquoi ». Pas la peine. Elle s'est sentie seule ce soir. Lui aussi. Voilà pourquoi ils se sont retrouvés sous cette couette. Besoin de tendresse, ça arrive parfois. Juste un câlin.

« Tu ne lui diras pas, hein ? Tu ne lui diras pas, ça lui ferait trop de peine, ça ne vaut pas le coup, vraiment, insiste Félix.

— Non, je sais. Il ne le supporterait pas.

— Ce n'est pas bien de faire ça, tu le sais.

— Au contraire, ce n'est pas si grave. On ne fait rien de mal, pas de culpabilité à avoir.

— Tu es jolie.

— Merci.

— Et tu comptes beaucoup pour moi.

— Toi aussi, tu comptes beaucoup pour moi. Vraiment. Je suis contente qu'on se soit rencontrés ce soir. »

Félix sourit. Ces quelques mots lui suffisent. Elle et son fantôme ne forment plus qu'un.

Soudain, il l'embrasse. Mal. Timidement. D'habitude, il embrasse pas mal, du moins, il le croit. Mais là, son baiser est maladroit, timide, empoté. Un baiser adolescent.

« J'ai froid aux pieds », murmure-t-elle.

Leurs pieds jouent à se réchauffer quelques minutes. Elle le regarde avec feu. Pourquoi hésiter ? semble-t-elle lui demander. Parce que. Parce que si je vais au bout, je vais devenir fou. Toi tu reprendras le cours de ta vie, comme si cette soirée n'avait pas existé. Moi, je ne suis pas assez fort pour ça. Moi, je vais t'aimer comme j'aime le fantôme, et c'est un amour avalanche, malade, jaloux, exclusif. J'exigerai de l'inconditionnalité, du feu, de la passion, tu seras l'incarnation du fantôme, tu comprends, non tu ne comprends pas, de toute évidence, tu ne peux pas comprendre, c'est normal, tu n'es pas hantée. Disons que je ne te survivrai pas. Ça ne s'explique pas.

Il lui caresse la joue. Ils s'embrassent à nouveau. Se chuchotent des secrets. Il lui demande si elle est déjà allée en 2077, elle lui répond que non. Bah ! lui a déjà fait le voyage, c'est pas mal. Tu savais, toi, qu'en 2077 le paquet de cigarettes coûtait trente-neuf euros ? Elle rit, avant de réclamer d'autres détails. Il lui répond qu'il n'a pas eu le temps de vraiment visiter. Il a découvert que la tour Eiffel était délocalisée à Strasbourg. Il lui décrit ensuite le nouveau gouvernement, composé d'un roi, de la reine et du petit prince ; tous les trois se rendent chaque semaine chez des gens au hasard pour leur serrer la pince. Ah ! et puis, détail étonnant : afin de régler ses dettes, la France a vendu la Bretagne au Qatar. Résultat, pour voyager au Qatar, plus besoin de prendre l'avion, à peine trois heures de TGV de Paris suffisent. Quoi d'autres ? Des révélations encore ? D'accord. Alors il brode. Il brode, encore et encore ; cet absurde l'amuse, elle se laisse bercer. Puis, au bout d'un moment, le souffle lent et régulier du sommeil s'échappe des jolies lèvres embrassées. Bonne nuit, Louise.

Sommeil impossible pour Félix. Ses yeux refusent de s'assoupir. Le lendemain commence à le titiller. Il va falloir rentrer. Se réveiller près d'elle, oui, oui, bien sûr, ça lui ferait tellement plaisir, mais tout se briserait, il y aurait de la gêne. Les rayons du jour éclaireraient les incohérences, les imprudences. Le jour est lucide. Si la nuit consumait leur romantisme, le jour en éclairerait les cendres. Dors bien, Louise, répète-t-il, sans se rendre compte que, lui aussi, il dort déjà.

À peine deux heures plus tard, dans une rue trempée d'aube, près du square des Batignolles. Les yeux lourds, Félix récolte sa monnaie avant de s'extirper péniblement du taxi argenté. Il a préféré disparaître avant qu'elle ne se réveille, cela vaut mieux. Un peu lâche, d'accord. Bâillement. Craquement d'épaule. Maintenant, il fallait rentrer se reposer, et oublier.

Digicode, porte marron ouverte. Des escaliers qu'il avale rapidement. Quatrième étage de l'immeuble haussmannien. Cliquetis de clés, il pousse la porte le plus discrètement possible. Mais à peine a-t-il posé un pied dans l'entrée qu'un enfant se jette dans ses bras.

« Tu m'emmènes à l'école, Papa ? »

Petit gémissement de fatigue de Félix.

« Je ne crois pas, Papa a l'air très fatigué, il a beaucoup fait la fête hier soir ! » soupire une belle jeune femme qui apparaît soudain derrière l'enfant, avant d'ajouter, conciliante :

« Je ne pensais pas que tu rentrerais seulement au matin, heureusement que tu m'avais prévenue que tu comptais un peu t'amuser ! Bon, vu ton état, je ne vais pas t'embêter maintenant, va te coucher… »

Félix opine faiblement et, sans un mot, embrasse son fils sur le front avant de filer dans le couloir, direction la chambre. Le calme. Il tire les rideaux, enlève ses chaussures, puis ses chaussettes et pose ses pieds nus sur le parquet. Un passage rapide par la salle de bains afin de prendre une douche. Au loin, le claquement de la porte d'entrée ; il est seul à présent dans l'appartement.

Rapidement, il se sèche, puis retourne dans la chambre. Silence. Soulève les draps ainsi que la couette, et se glisse dessous.

Dans son lit. Il tire la couette sur son visage, comme l'a fait Louise à peine deux heures plus tôt. Froid aux pieds. Dort-elle encore en ce moment ? Oui, sûrement. Son esprit reprend le fil de la soirée qu'il vient de passer, les rues, les alcools, les rencontres. Et enfin, le fantôme réapparaît, lui sourit. Tu vas bien ? lui demande Félix en silence. Elle ne répond pas, muette, comme toujours. Un jour, il la reverra, c'est certain. Il ne peut pas vivre sans elle. Un dernier sourire, triste. « Tu sais, maintenant, j'ai trente ans », soupire-t-il.

Puis le sommeil.